KB114150

천 번의 환생 끝에 14

요람 장편소설

초판 1쇄 찍은 날 § 2018년 8월 29일
초판 1쇄 펴낸 날 § 2018년 9월 5일

지은이 § 요람
펴낸이 § 서경석

총괄팀장 § 최하나
편집책임 § 김슬기
디자인 § 신현아

펴낸곳 § 도서출판 청어람
등록번호 § 제387-1999-000006호
등록일자 § 1999. 5. 31
어람번호 § 제1-2951호

주소 § 경기도 부천시 원미구 부일로 483번길 40 서경B/D 3F (우) 14640
전화 § 032-656-4452 팩스 § 032-656-4453
http://www.chungeoram.com
E-mail § chungeorambook@daum.net

ⓒ 요람, 2017

ISBN 979-11-04-91819-3 04810
ISBN 979-11-04-91433-1 (세트)

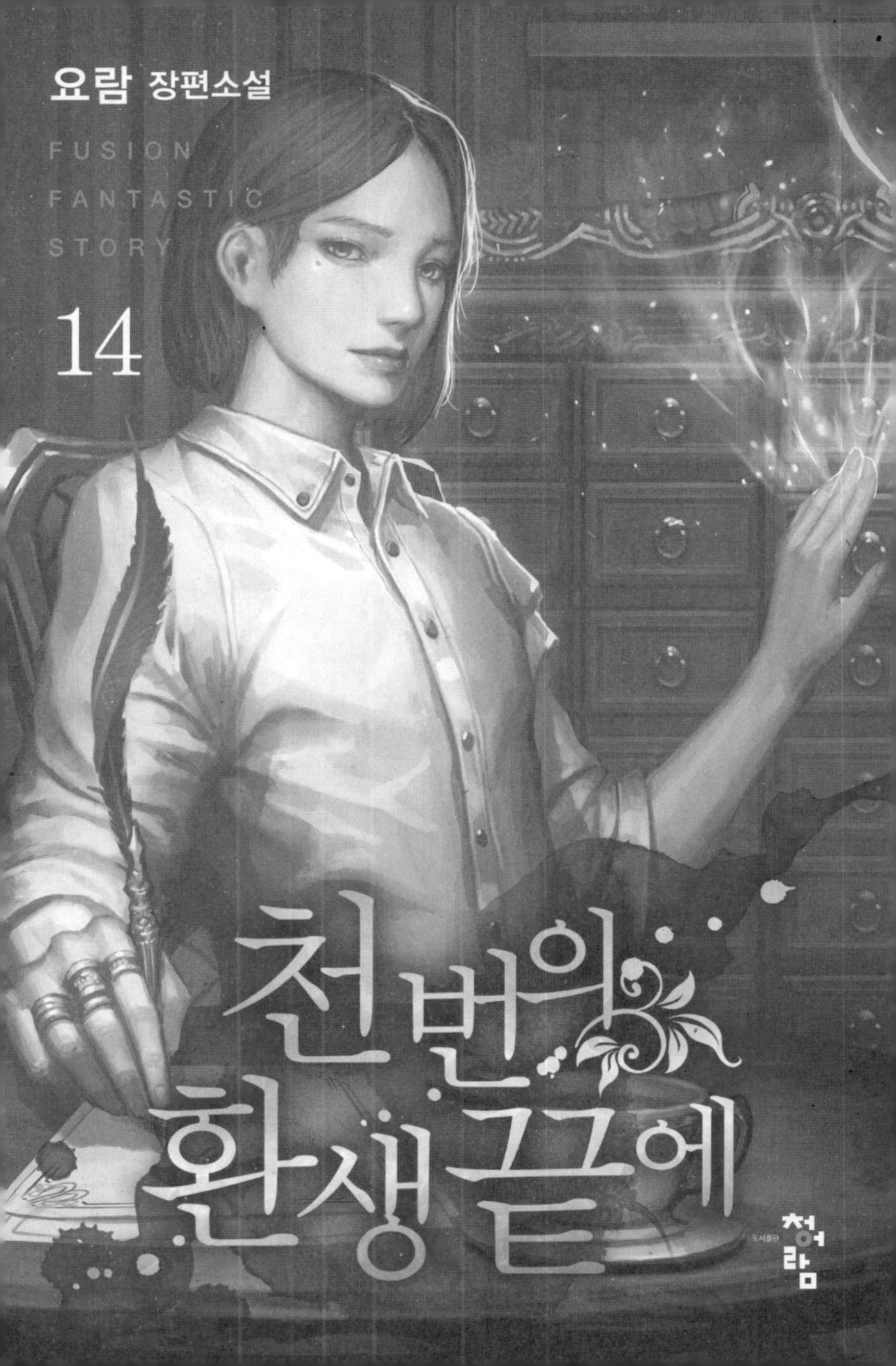
요람 장편소설
FUSION
FANTASTIC
STORY
14
천 번의
환생 끝에
도서출판
청어람

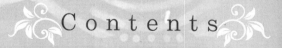

Contents

Chapter95
그렇게 죽고 싶은 거라면II

지영은 잠시 빤히 메시지를 바라보다 알겠다고 대답을 적어 답장을 보낸 후, 그대로 폰으로 블로그에 접속했다. 그리곤 김 지혜가 올렸을 동향 보고를 클릭했다.

　피식.

　그리곤 진짜 저도 모르게 실소를 흘리고 말았다.

　―메이드를 통해 시칠리아 마피아 접촉.

　―내용 확인 불가.

　―이후 활동 지시 바람.

딱 이 세 문장이었고, 이 짧은 문장은 지영의 기분을 순식간에 훅 꺼뜨리기 충분했다. 지영은 저도 모르게 혀로 입술을 핥았다. 눈빛과 어우러져 그 모습은 충분히 소름이 끼칠 만큼 살벌했다. 하지만 다행히 그런 지영의 모습을 본 이는 아직 아무도 없었다. 지영은 일단 자리를 옮겼다. 한적한 장소로 옮긴 지영은 다시 한번 내용을 확인했다.

치익.

"후우… 하아, 이 새끼 진짜……."

어쩜 이렇게 예상을 빗나가지 않는지 신기하기만 했다. 지영은 솔직히 이성준이 포기하지 않으리란 걸 알고 있었고, 그래서 놈이 모나코로 유배됐는데도 두 킬러를 붙였다. 그랬더니 며칠 지나지 않아 벌써 대어가 걸려들었다.

모나코에서 시칠리아 마피아를 접선하는 간 큰 또라이 짓에 지영은 솔직히 할 말을 잃었다. 하지만 앞서 말했듯이, 이놈은 진짜 무슨 짓이든 할 놈이었다.

"후우……."

연기를 내뱉으며 지영은 이놈을 어떻게 해야 할지 고민했다.

시칠리아 마피아와 연락을 하는 이유는 굳이 생각할 필요도 없었다.

'분명 나한테 복수하기 위해서겠지.'

악명 높은 시칠리아 마피아 정도면 어쩌면 지영에 대한 의뢰를 받아들일 수도 있었다. 물론, 그랬다간 그놈들이 한국 땅을 밟기 전에 이성준의 목이 먼저 달아날 테지만 말이다. 하지만 이성준은… 축출당해 유배형까지 내려졌지만 그래도 제국의 일원이다.

"아 그 새끼… 쯧……."

짜증이 왈칵 올라왔다.

이런 놈을 살려주는 건 솔직히 지영 취향이 아니다. 가능하면 정말 모가지를 따버리고 싶다. 그것도 직접. 이놈은 절대로 포기하지 않을 놈이니 죽여 버리는 게 정말 신상에 좋았다.

"후……."

지영은 연기를 뿜어내며 하늘을 올려다봤다. 또 다른 생각들이 나도 좀 생각해 달라며 연달아 지영에게 달려들었다. 술, 그리고 그 작품이 끝나면 결혼이다. 하지만 여기서 이성준에게 손을 대면? 하나는 무너져야 끝나는 싸움의 시작이다.

오성 그것들이 멍청이도 아니고 놈이 죽으면 1차적으로 무조건 지영을 의심할 것이다. 그렇게 되면 행복한 결혼은 그 순간 끝이다.

"이놈은 이걸 알고 하는 걸까?"

아니, 설마……. 그럴 리가 없었다. 그걸 만약 알고 있다면 주변에 스파이가 있다는 뜻이다. 하지만 지영의 주변은 이미 충분히 검증이 끝난 상태다.

흠칫.

"잠깐……."

갑자기 머리가 팽팽 돌아갔다. 이성준은 무모해도, 등신은 아니었다. 아니, 오히려 나쁜 쪽으로는 머리가 기가 막히게 돌아가는 게 놈이었다. 그런 놈이 유배지에서 또 복수를 꿈꾼다? 가문의 일원으로 귀환을 노리지도 않고? 정말 지영과 끝을 볼 선택지를 고를 수 있을까? 이성준이 아니니 지영은 그에게 어떤 것이 더 중한지 확실하게 판단 내릴 수는 없었다.

"하지만, 판이 만들어졌다는 판단을 했다면?"

그리고… 그게 지영의 결혼식이라면?

지영은 머리가 차갑게 식어가는 걸 느꼈다.

동시에 얼마 전 일이 떠올랐다.

최민석, 황정만, 류승연, 조성우, 박수연, 매순……. 이들과 만나 분명히 캠핑을 즐겼고, 그때, 얘기했었다. 겨울에 결혼을 한다고.

"이성준 이 새끼 취향이……."

유부녀.

그렇지 않으면 자신보다 훨씬 연상의 여인에게만 성적 흥분을 느낀다.

"박수연······?"

그곳에 이성준보다 연상은 박수연밖에 없었다. 매순은 동안이라 나이보다 훨씬 어려 보이는 얼굴이었다.

피식.

"안 일했네······. 멍청했어, 진짜."

의심의 여지?

차고 넘쳤다.

지영은 다시 폰을 꺼냈다.

뚜르르, 뚜르······.

—네, 김지혜 매니접니다.

"저예요."

—네, 사장님.

"박수연 알죠? 지원 누나랑 나이 비슷한 여배우."

—네, 알고 있습니다.

그래, 모를 리가 없었다.

청춘스타부터 시작해 지금까지 탑 자리를 지켜온 여배우니까. 대한민국 국민의 반 이상은 무조건 알 거다.

"조사 좀 해주세요."

—어느 선까지 할까요?

"가능한 전부."

—삼억쯤 필요할 겁니다.

여기저기 약도 치고, 꿀도 퍼 먹으려면 그 정도는 들 것 같긴 했다. 지영은 그 돈이 전혀 아깝지 않았다.

"바로 송금할게요."

전화를 끊은 지영은 바로 전용 계좌로 3억을 송금했다. 전화를 끊고도 속이 답답해 지영은 다시 주머니를 뒤적거렸다.

치익.

"후우……."

피식.

지영은 연기를 내뿜다 말고 실없이 웃었다.

이걸 누굴 탓할까? 멍청하게 그걸 거기서 떠벌린 자신의 실수지. 그래도 지영은 지금 자신이 생각한 게 틀렸으면 싶었다.

남을 의심하는 것 자체가 그리 기분 좋은 일은 아니었다. 지영은 다시 폰을 꺼내 누군가에게 전화를 걸었다. 이번에도 상대는 금방 전화를 받았다.

—에헤이, 브라더! 아침부터 어쩐 일이다냐.

"죄송해요, 이른 아침인데."

—뭔 소리다냐. 우리 사이에, 뭔디, 말해봐.

"형님."

—…….

선배님도 아니고, 지영은 형님이라고 불렀다. 목소리도 진지

해서 황정만은 대번에 침묵했다. 지영은 일단 기다렸다. 황정만의 반응을 보기 위해서였다.

—뭔디 형님 소리까지 다 하고 그러냐. 해봐라. 아는 거 있음 말해주께.

"감사합니다. 제가 아직 대본을 못 받아서 그런데 그때 모이셨던 분들 역할만이라도 알 수 있을까요?"

—뭐여, 겨우 그거여?

"겸사겸사요."

—니가 어디 가서 씨부릴 놈은 아니니께.

그렇게 말한 황정만은 그때 모였던 배우들의 역할을 하나씩 말하기 시작했다. 지영은 다른 건 다 필요 없고, 박수연의 역에만 집중했다.

—수연이 걍 마담이여, 룸사롱 마담.

"……."

박수연이 룸살롱 마담?

데뷔 후 항상 깨끗한 역할만 했었던 박수연이? 절대로 선은 넘지 않던 박수연이?

—이번에 연기 변신한다면서 어찌 알고 지가 먼저 훈석이한테 연락했다던디?

"아……."

—근데 그게 왜 궁금허냐?

"아니에요, 선배님 감사합니다."

—용건 끝나니 바로 선배님이냐?

"하하, 제가 조만간 술 한잔 살게요."

—어흐, 그건 좋지. 말 나온 김에 저녁에 나와.

"네, 알겠어요. 촬영 끝나고 연락드릴게요."

—그려.

뚝.

전화를 끊은 지영은 다시 피식 웃었다.

송지원에게 확인은 안 했지만, 아마도 그녀가 먼저 접근했을 것이다. 비슷한 또래의 배우이니 송지원도 크게 경계하지 않았을 것이다. 그러고 보니 지영은 송지원에게 친한 배우들에 대한 얘기를 들은 적이 있었다.

"일 년 전에만 해도 분명 없었어……."

그렇다는 건? 요 근래 친해졌다는 뜻이었다. 아마도 얼마 되지도 않았으리라. 지영은 이렇게 하나씩 퍼즐이 맞아가자 오히려 웃음이 나왔다. 이제 남은 건 김지혜가 박수연의 뒤를 파오기를 기다리면 됐다.

심증은 찼으니, 이제 더욱 확실한 걸 기다릴 때였다.

짝!

"정신 차리자. 지금은 지금 일에 집중하고, 이 새끼는……."

확실해지면, 그때 처리하면 된다.

자신의 뺨을 한 대 친 지영은 그렇게 중얼거리곤 다시 촬영
장으로 돌아갔다.

  　　　*　　　　　*　　　　　*

  솔의 촬영은 이름처럼 솔솔 잘도 풀렸다.

  이민정 감독의 얼굴에서 웃음이 마르지 않을 정도로 촬영
스케줄은 순조롭게 진행이 되었다. 안혜성과 이혜성은 촬영장
에 완전히 적응했는지 무섭게 실력이 늘었다. 특히나 감정 조
절은 정말 발군이었다.

  지영이 이제는 따로 지적해 주지 않아도 알아서 잘못한 부
분을 찾고, 그 부분을 고치는 모습을 보였다. 지영은 그렇게
성장하고 있는 두 제자가 참 기꺼웠다. 그래서 촬영 속도는
매우 빨라졌고, 4주쯤 지났을 때는 놀랍게도 스케줄의 삼분
에 일을 끝내 버렸다. 이민정 감독은 서두르지 않았다. 초반부
가 끝나자 5일간의 휴가를 줬다. 재충전의 시간이었다. 지영은
사무실 사람들에게 휴가를 줬다.

  연기를 하는 배우가 가장 힘들긴 하지만 그래도 편하게 연
기를 할 수 있게 밑에서 받쳐주는 사무실 식구들도 충분히
지쳐 있었다. 게다가 안혜성과 이혜성과 계약을 하며 챙겨야
할 배우가 늘어 인원 보충 얘기까지 넌지시 나오고 있었다.

그래서 지영은 아침 일찍 사무실로 출근해 한정연, 이성은과 그 부분에 대한 얘기를 나누고 있었다.

"아무래도 두 명 정도는 보충해야 할 것 같아."

"두 명으로 되겠어요?"

"로드랑 애들 챙겨줄 매니저만 있으면 충분해. 메이크업이랑 코디야 나랑 성은이가 보면 되니까. 둘 정도는 아직 커버할 수 있어."

"흠……."

확실히 아침마다 이성은과 한정연이 돌아가며 두 제자를 챙기고 있지만 그 때문에 두 사람에게 부담이 늘어났다. 이런 피로는 금방 티가 나지 않는다. 조금씩, 조금씩 누적됐다가 한계선을 넘으면 한 번에 확 몰아닥친다.

"알았어요. 그럼 두 명만 뽑는 걸로 하죠."

"오케이. 홈페이지에 알아서 올릴게."

"네, 그 부분은 알아서 해주세요. 정직원 채용, 연봉도 잘 챙겨준다고 하세요."

"그럼 당연하지. 후후."

말이 끝나자 둘은 자리에서 일어났다.

휴가 직전에 들른 두 사람이라 이제 얘기가 끝났으니 다시 집에 가서 챙기고, 출발해야 했다. 두 사람이 나가자 지영은 김지혜에게 메시지를 넣었다. 오늘은 박수연에 대한 보고를 받는 날이었다.

잠시 뒤 김지혜가 올라와 앞에 앉았다.

"조사는 끝났나요?"

"네, 예상했던 대로입니다."

"……."

하아.

지영은 박수연에 대한 조사를 의뢰하고, 나중에 다시 이성
준이나 오성과의 관계를 집중적으로 파달라는 부탁을 했다.
그리고 결과가 나온 지금, 역시나 지영의 예상을 벗어나지 않
았다. 답답한 노릇이었다.

쓴웃음이 나왔다.

박수연이 이성준과 연관이 있는 줄도 모르고 거기서 잘도
은재와의 결혼 얘기를 풀었다.

'이걸 누굴 탓해. 쯔……'

최민석과 황정만이 있어 너무 경계를 풀었다. 그래서 결국
본인 입으로 약점을 던져준 꼴이 되어버렸다.

"조사 내용입니다."

한숨을 내쉰 지영은 김지혜가 내민 태블릿 PC를 받아 내용
을 확인했다.

박수연.

오성의 과자, 화장품, 가전에 굵직한 CF를 벌써 10년 이상

해오고 있었다. 게다가 어떻게 얻은 건지 궁금한 몇 년 전 이
성준과 박수연의 식사 장면, 호텔로 들어가는 장면까지 찍은
사진이 있었다.

그 밑으로는 둘의 관계가 적어도 10년은 됐을 거란 얘기가
있었다. 그리고 알고 보니, 박수연은 돌싱이었다.

이쯤 되면 볼 것도 없었다.

이성준이 원해서 관계를 맺었든, 아니면 박수연이 먼저 접
근을 했든, 결국 두 사람이 아는 사이라는 건 이미 확실히 증
명이 됐다. 박훈석 감독이 신작을 준비하고 있다는 소식을 접
하고, 그중 지영을 꼭 캐스팅하고 싶어 한다는 사실까지 안
박수연은 의도적으로 신세계에 원치 않는 배역까지 얻어가며
접근을 해왔다. 그 정도는 박수연도, 이성준도 충분히 알아낼
수 있는 일이었다.

'이 판을 누가 짰을까. 박수연이?'

지영은 고개를 저었다.

보고에 따르면 그 정도로 용의주도한 여자는 아니라고 했
다. 연기와, 자신을 잘 감출 뿐이었다.

'이성준……'

이놈이 짠 판이었다.

유배까지 당한 놈이 끝까지 포기하지 않고, 지영을 지가 있
는 곳으로 끌어내릴 야비한 계략을 준비하고 있었다.

피식.

"여러 가지 의미로 대단한 새끼네, 진짜……."

근데, 그게 니 맘대로 될까?

흠칫!

김지혜가 흠칫 떨 정도로 차가운 미소를 지은 지영은 폰을 들어 어딘가로 전화를 걸었다.

"……"

지영은 자신 앞에 앉아 있는 청순가련의 대명사였던 여인을 지긋이 바라봤다. 관리를 잘한 40대 중반의 여배우. 확실히 그녀의 얼굴은 그렇게 보였다. 하지만 어째서일까? 지영은 그 얼굴 속에 시꺼멓고, 더러운 욕망이 꿈틀거리고 있을 거란 생각이 들었다. 박수연은 지영이 왜 불렀는지 궁금한 얼굴이었다.

피식.

'순진한 척하긴……'

역시 얼굴로만 먹고 산 배우도 아니라 표정 연기 하나는 일품이었다. 만약 지영이 미리 알아보지 않았다면 깜빡 속아 넘어갔을지도 모를 정도였다.

"왜 불렀어요?"

지영이 아무런 말도 없자, 결국 박수연이 먼저 물어왔다. 지영은 어떻게 대답해야 할까, 고민이 됐다.

'이런 타입은 절대로 인정하지 않지.'

지영이 사진을 내밀어도 끝까지 발뺌할게 분명했다. 그건 아주 안 봐도 비디오였다. 그렇다면, 차라리 시작부터 기를 확 꺾어 놓고 시작하는 게 더 좋을 수도 있었다.

드르륵.

지영은 아주 오랜만에 서랍을 열었다.

화르르…….

서늘한 광기가 순식간에 지영을 중심으로 피어올랐다. 그 기세는, 일반인도 느낄 수 있을 정도로 농도가 짙었다. 박수연은 그런 지영의 변화를 바로 느꼈다.

"으……."

"……."

씩.

지영은 아무런 말도 하지 않고 떨기 시작하는 박수연을 웃으며 지긋이 바라봤다. 그것만으로도 박수연은 기가 확 꺾였다. 마치 양이 사자 앞에 선 듯, 오들오들 떨기 시작했다. 지영은 급하게 가지 않았다.

확실하게 기를 꺾어놓고, 원하는 바를 얻을 생각이었다. 박수연이 오랫동안 연예계에 있으며 산전수전 다 겪었다고 해도 지영의 상대는 아니었다. 지루하지만, 한 사람은 미칠 것 같은 침묵이 계속 이어졌다.

5분이 지났다.

하지만 지영은 박수연을 바라볼 뿐, 여전히 입을 열지 않았
다. 그러자 이제는 하얗게 질린 박수연이 더듬더듬 입을 열었
다.

"왜, 왜 이러세요……."

피식.

왜 이러냐고?

질문이 틀렸다.

아니, 애초에 질문 자체를 해선 안 되는 상황이었다.

'잘못했다고 비는 게 먼저지, 이 사람아. 그럼 혹시 알아?'

내가 조금은 봐주고 싶은 생각을 할지? 하지만 박수연은 끝
끝내 발뺌하고 있었다. 솔직히 속으로는 지영이 왜 이러는지
직감적으로 알아차렸을 텐데도 말이다. 지영은 그것도 마음
에 들지 않았다. 어쩌면 이번 질문은 그녀에겐 최후의 기회였
었다. 그걸 버렸으니, 지영은 이제 슬슬 끝을 보기로 했다.

'이쯤 되면 기도 전부 꺾였고.'

이제는 초점까지 흔들리기 시작했다.

폭군.

약자를 잡아먹던 포식자의 기세를 평범한 인간이 견딜 수
있을 리가 없었다.

"박수연."

툭, 내뱉듯 던진 말에 박수연의 시선이 지영에게 향했다. 까마득히 어린 후배가 반말을 했다는 사실에 반응한 건 아니었다. 그저 숨통을 조여오는 침묵이 깨졌기 때문에 반사적으로 반응한 것일 뿐이었다.

"으으……."

그러면서도 몸을 떠는 건 여전했다.

좋든 싫든 이 바닥에 오래 있다 보면 감이 발달하게 마련이고, 그렇게 발달한 감은 연기할 때는 도움이 되었겠지만 지금은 오히려 독으로 작용하고 있었다.

"내가 널 여기 왜 불렀을까?"

지영이 이번에도 무정하게 툭 던진 말에 박수연은 움찔, 몸을 떨었다. 그녀에게는 마치 호랑이가 눈앞에서 으르렁거리며 이를 들이민 것처럼 느껴졌을 것이다.

치익.

"후우……."

뭉게뭉게 피어오른 연기가 마치 박수연의 정신 상태처럼 이리저리 흔들리다가, 흩어졌다.

"대답해 봐. 내가 왜 널 불렀을까?"

"그, 그게……."

"헛소리 하면, 끝장난다고 생각하는 게 좋을 거야."

그 와중에도 눈알을 데굴데굴 굴려서 지영은 곧바로 피식 웃으며 한 번 더 윽박질렀다. 생각할 여유? 그만 걸 주면 저렇게 된다.

화르르…….

지영은 기세를 더욱 더 올렸다.

이번엔 아예, 죽일 마음까지 품었다. 물론, 마음만이다. 하지만 이 정도로도 지영의 기세는 완전히 변해 버렸다. 이제 그녀는 지영을 호랑이가 아닌 사신처럼 느끼기 시작할 것이다.

"죄, 죄송합니다……."

과연, 박수연은 곧바로 고개를 숙였다.

본능적으로 느꼈을 것이다. 대답해야 한다고, 자신의 잘못을 지금 전부 대답하지 않으면… 눈앞에 이 나이 어린 후배에게 죽을지도 모른다고, 그러니 전부 실토하라고.

"계속."

치익.

"후우……."

하얀 연기가 지영의 입에서 흘러나와 피어오르기 시작하자 박수연은 이성준에게 협박을 당했던 사실을 시작으로 그가 시킨 일을 전부 실토했다. 예상대로 박훈석 감독의 신작에 대한 정보도 이성준이 찾아준 정보였고, 그 뒤로 의도적으로 접근했다. 심지어 그날 자리도 박수연이 넌지시 황정만에게 부탁해 만든 자리였다.

송지원도 마찬가지였다.

그녀에게도 의도적으로 접근했다. 하지만 송지원은 지영에 대한 얘기는 일절 꺼내놓지 않았다. 참… 대단한 사람이었다. 술 마시면 어느 정도 풀어놓을 만도 한데, 지영에 대해서는 전혀 입을 열지 않았다.

지영은 단 한 마디도 하지 않고 박수연의 얘기를 들었다. 딴짓을 하는 것도 아니었다. 팔짱을 낀 채 다리를 꼰 상태로 무심하게 바라보고 있으니 박수연은 정말 미칠 지경이었다. 그녀 스스로도 지금 이 상황이 슬슬 이해가 가질 않고 있었지만, 그녀는 다른 생각을 할 수가 없었다.

일단, 문 앞을 지키는 경호원만으로도 그녀가 이 사태에서 벗어날 수 있는 가능성은 조금도 없었다. 그녀의 얘기는 오래도록 계속됐다. 그리곤 왜 그렇게 했어야 되는지에 대한 이유를 구구절절 설명했다. 지영은 그 얘기를 가만히 들었다.

"제발… 살려주세요. 저도 협박당해서 어쩔 수 없었어요……."

누가 죽인대?

하지만 그녀는 이제 그런 걸 냉정하게 생각할 여유가 없었다.

피식.

얘기를 다 들은 지영은 결국 실소를 흘렸다.

협박을 당했단다.

박수연이 탄탄대로를 걸었던 건 아니다. 슬럼프가 있었고, 그 기간은 서른 후반부터 시작해서 약 3년쯤 됐었다. 이혼하고 나서도 씀씀이가 커서 돈이 필요했고, 그때 이성준에게 스폰을 받았다. 한 달에 한 번, 총 2년을 했다. CF도 그때 받았다. 하지만 재수 없게도 그놈과 변태 성행위를 했었던 영상이 있다는 걸… 그녀는 이번에 알았다.

세상이 무너지는 느낌이었을까?

자신이 변태적인 성행위를 찍은 영상을 보는 기분은?

'누굴 탓해?'

지 잘못인데.

그럼 영상이 존재하는 건, 박수연의 잘못일까?

"박수연."

"네, 네……?"

"너 때문에 지금, 이성준이 또 날 건드릴 수작질을 시작했어."

"……"

"시칠리아 마피아와 연락을 했다네? 그게 한 달 전이야. 그런데 아직도 조용해. 자, 여기서 문제. 왜 마피아와 접촉을 했는데도 조용할까?"

"……."

스윽.

지영은 상체를 앞으로 당겼다.

그리곤 씩 웃었다.

새하얀 치열이 언뜻 비치는 차가운 미소였다. 그 미소에 박수연은 흠칫 놀라 눈까지 질끈 감았다.

"몰라? 알려줘?"

"아, 아니요……. 알고 싶지 않아요……."

"알아야 할 것 같은데? 나와, 내 사람을 죽이려는 이성준에게 협조한 넌데. 판이 어떻게 돌아가는지는 알고 있어야지. 안 그래?"

"아니요, 저는 협박당해서 어쩔……."

피식.

눈을 질끈 감고, 고개를 젓는 박수연의 행동에 지영은 다시 실소를 흘렸다. 누누이 말했듯이, 지영은 성인군자가 아니다. 자기를 죽이려고 했던 사람, 자기를 죽이려는 사람에게 협조했던 것들에겐 절대로 곱게 대해주지 않는다.

스윽.

팔을 쭉 뻗은 지영은 그대로 박수연의 머리채를 잡고, 잡아당겼다.

쾅!

힐끔, 테이블에서 난 소리에 경호원들이 지영 쪽을 잠깐 봤지만 곧 다시 정면을 바라봤다. 그들은 지영을 잘 안다. 절대로 함부로 폭력을 쓰지 않는 사람이 바로 지영이다. 그런 지영이 폭력을 썼다?

그것도 이름만 대면 다 아는 국민 여배우에게?

이는 필히 뭔가 이유가 있을 거라고 생각했다. 그래서 끼어들지 않았다. 그래서 걱정도 없었다.

"잘 들어."

"……."

덜덜덜…….

머리가 테이블에 박히면서, 생전 처음 느껴보는 고통이 느껴지기 시작했는데도 박수연을 입을 열지 못했다. 그저 비 맞은 새끼 강아지처럼 덜덜 떨 뿐이었다. 하지만 지영은 조금도 불쌍하단 생각이 들지 않았다.

"협박? 지랄하네."

거짓말은 아닐 것이다.

지영의 이 기세 앞에서 구라를 칠 수 있을 정도로 박수연은 담이 크지 않으니까 말이다. 그러니 사실이다.

하지만…….

"스폰 받을 때 그 정도는 감수했어야지."

"……."

"그놈이 딱 그 정도에서 깨끗하게 끝내고 말 줄 알았어? 대가리가 그렇게 안 돌아가?"

"으……."

지영이 보기에 스폰을 받은 게 애초에 잘못이다. 그래놓고 이제 와서 비디오가 찍혔고 협박당해서 어쩔 수 없이 지영에게 접근해 얻은 정보를 이성준에게 보냈다고 해도, 지영이 용납해 줄 리가 없었다.

"니 선택으로 인해 벌어졌으면, 최소한 책임은 졌어야지. 그렇게 끝까지 타인을 이용하고, 파멸시켜 가면서 그 자리를 유지하고 싶었어?"

"그, 그게……."

"닥쳐, 이미 이 바닥 싹 파봤어. 스폰만 받은 게 아니던데? 콘셉트 겹치는 애들 새롭게 나타나면 니가 짓밟는다며. 그치?"

그렇게 파멸시킨 신인 여배우가 열이 넘는다.

부뚜막의 정보력은 가히 상상을 초월한다.

그래서 오프 더 레코드보다 더욱 은밀하고, 더러운 얘기들까지 이들은 전부 조사해 지영에게 건넸다. 단순히 스폰만 받은 정도가 아니었다. 청순가련? 개소리다. 속은 시꺼멓다 못해, 썩어 문드러진 년이었다. 애초에 지영은 작정하고 박수연을 불렀다. 이성준에게 오더를 받았으니 지영이 보자고 하면 절대 빼지 않을 거라는 사실도 알았다.

"그래서 너도 당해보라고. 영상? 어쩌냐. 그것도 이미 확보했는데?"

"흑……!"

영상을 확보했다는 말에 박수연의 몸에 힘이 대번에 들어갔다. 미친년처럼 발버둥을 쳤지만 지영의 힘을 이겨내진 못했다.

"풀릴 거야, 곧. 얼굴 잘 나왔던데? 청순가련한 국민 여배우의 추락으로는 아주 확실하겠어."

"제, 제발… 잘못했어요!"

"잘못을 빌 짓 자체를 하지 말았어야지. 최소한 내가 누군지, 좀 더 알아봤어야지. 이성준이 왜 그렇게 폐인이 되고, 유배됐는지도 알아봤어야지. 차라리 나한테 알렸으면 그 영상 내가 싹 폐기해 줬을 거야."

"제발… 제발 살려주세요……."

커리어가 끝나는 정도로 안 끝난다.

부뚜막이 조사한 자료에는 박수연이 이성준에게 받은 현금, CF, 집, 차, 그리고 반대로 박수연이 이성준에게 파멸시켜 달라고 했던 신인 배우들의 일까지, 아주 적나라하게 있었다.

이게 터지면?

박수연은 배우 인생이 끝나는 정도로, 안 끝난다.

폭력을 사주했고, 몸을 팔았으니 무조건 형사처벌이 가능해진다.

지영은 일단 증거로, 핸드폰에 있던 박수연과 이성준의 변태 성행위 영상을 틀었다. 소리는 들리지 않았지만 너무나 더럽고, 적나라한 행위는 거의 정면에서 찍혀 있었다. 이성준의 안경에 달려 있던 카메라와, 방 구석구석에 있던 영상들을 편집한 것이다. 그리고 영상에는 누가 봐도 박수연인 여자가 있었다.

고통에 울부짖으면서도, 교태를 부리는… 더러운 영상이다. 지영은 영상을 멈췄다.

"잘 찍혔네. 너 아니라고 우기기도 힘들 거야. 그치? 그리고 이런 영상이 하나도 아니고, 열 개가 넘던데?"

"제발… 무슨 일이든 할게요, 네? 제발……! 제발 살려주세요……."

"누가 죽인대? 안 죽여. 살인자가 되고 싶지는 않으니까. 딱 그냥, 영상부터 순차적으로 업로드할 거야."

"제발……."

피식.

그놈에 제발은.

지영은 폰을 들어 김지혜에게 전화를 걸었다.

―네, 김지혜 매니접니다.

"저예요. 시작하세요."

—네.

뚝.

"안 돼……!"

"돼."

지영의 냉정한 말이 떨어지자 박수연은 다시금, 미친년처럼 발광을 시작했다. 그러자 지영은 손을 놨고, 경호원들이 바로 다가와 다시 박수연을 제압했다. 이 정도면 지영에게 악을 쓸 만도 한데, 이미 지영의 기세에 짓눌려 버린 박수연은 그마저 도 할 수 없었다. 그런 박수연을 지영은 무심한 눈빛으로 바 라봤다. 지영은 전 국민을 속인 타락한 여배우의 끝을, 결코 아름답지 않게 만들어줄 생각이었다.

"……."

소파에 앉은 박수연은 텅 빈 눈빛으로 스크린을 바라봤다. 박수연의 영상은 풀렸다. 그리고 지영은 실시간으로 박수연 영상에 대해 떠들어대는 SNS를 보여줬다. 그녀는 그걸 보면서 깨달았다.

끝났다고.

자신의 배우 생활은 물론, 삶마저 박살 났다고.

난리도 아니었다.

청순가련한 척하면서, 뒤로는 몸 로비를 하며 CF와 현금을 받고, 그걸로 모자라 후배 배우를 파멸로 몰아넣는 의뢰까지 서슴없이 저질렀던 박수연에게 동정표는 단 1장도 가지 않았다. 온갖 욕설이 난무했다.

지은 죄가 워낙에 중해 박수연은 경찰 구속되면 결코 적지 않은 형이 내려질 것이다. 박수연도 그걸 직감하고, 텅 빈 눈으로 스크린을 바라볼 뿐이었다.

한 인간이 나락으로 떨어지는 과정을 보여준 지영은 일말의 동정심도 느끼지 못했다.

잔인하다고?

지영은 전혀 그렇게 생각하지 않았다.

선량한 여배우도 아니다.

자신의 욕망을, 자신의 위치를 지키기 위해 무슨 짓이든 다 했던 여자다.

'그런 여자가 뭐가 불쌍해.'

게다가 이 여자는 이성준에게 협박을 당했다지만, 지영을 파멸시키려고 했었다. 이성준의 목적은 지영의 죽음이고, 그런 놈에게 협조했으니, 지영에게는 아주 확실한 적이었다. 먼저 알아차렸기에 망정이지 그러지 못했다면 지영의 근처에서 또 어떤 짓을 할지 몰랐다.

"가도 되나요……."

자신의 이름이, 위치가 나락으로 떨어지는 걸 한참을 지켜보던 박수연의 영혼 없는 말에 지영은 고개를 끄덕였다.

"꺼져."

"…꼭 이렇게까지 해야 했나요?"

그녀는 감히 지영에게 대들지 못했다.

자신을 파멸시킨 강지영에게 달려들어 악을 쓸 만도 한데, 그녀는 그럴 생각을 조금도 못 했다. 폭군의 기세에 이미 짓눌려 지영에게 반항하는 순간 더욱 끔찍한 일이 벌어질지도 모른다는 걸 본능적으로 알고 있어서였다.

"너는 꼭 그렇게까지 해야 했어? 그 자리가 그렇게 중요해서 몸을 팔아 지켰어? 선량한 신인들, 아무것도 모르는 그녀들에게 파멸을 선사해야 했어?"

"……."

지영의 즉답에 박수연은 입을 다물었다.

후회해서? 아닐 거다. 아마도 지영의 말을 반박할 그 어떤 것도 떠오르지 않아서일 가능성이 컸다. 아니, 분명 그랬다.

"지랄 떨지 마. 내가 정의의 사도도 아니고, 모르고 있었으면 상관없어. 그런데 넌 나를 죽이려는 이성준에게 협조했지. 협박? 왜일까? 이성준에 대한 증오심이 너는 하나도 없는 것 같은데? 너도 즐겼잖아. 그의 편에 서 있는 걸 말이야."

"……."

지영이 놀란 것 중에 하나가 지금 말한 부분이었다. 협박? 그럴 수 있다. 영상은 실존하니까. 그런데 왜 놈에 대한 얘기를 지영이 꺼낼 때, 이 여자는 분노하지 않을까? 자신과 나눈 더러운 짓거리를 담은 영상으로 협박을 했는데 왜, 그를 증오하지 않을까? 답은 간단했다.

'애초에 한편이었으니까.'

협박?

지영의 기세에 눌린 채 나온 대답이니까 맞을 거다. 하지만 그게 전부는 아니었다. 그 영상을 들이밀지 않았더라도 박수연은 아마 나중에 이성준을 통해 얻을 달콤한 콩고물 때문에 그를 도왔을 것이다.

"그러니까 조용히 찌그러져."

"당신도… 무사하지 못할 거예요."

피식.

"할 수 있는 모든 방법을 총동원해 봐. 대신……."

저벅, 저벅.

지영은 박수연의 앞까지 가서 상체를 천천히 숙여 눈을 똑바로 마주쳤다. 착 가라앉은, 살기등등한 눈빛이다. 소름끼치도록 무심한 눈빛이기도 했다. 박수연은 눈빛이 마주치자 또다시 파르르 떨기 시작했다.

이미 심령이 제압당한 상태였다.

무수히 많은 목숨을 죽였던… 폭군의 기세다.

한낱 여인 따위가 견딜 수 있는 기세가 아니었다.

"날 반드시 죽여야 할 거야. 만약 실패하면… 그땐 도망쳐. 세상 끝으로. 반드시. 그럼 살 확률이 일 프로쯤 될 테니까."

"……."

박수연은 지영이 돌려서 한 말의 뜻을 이해했다.

그녀는 지영이 어떤 인간인지 이미 깨닫고 있었다.

평범한 배우?

절대, 절대로 아니었다.

그래서 찍소리도 하지 못했다.

"손님 올 시간이야. 꺼져."

"……."

입술을 깨무는 분한 모습조차 보이지 못한 박수연은 힘없이 일어나 가방을 들도 터덜터덜 문을 향해 걸었다. 저 문을 나서는 순간, 그녀는 아마도 체포당할 것이다. 그녀가 이성준에게 폭력을 사주한 증거는 이미 오전에 김지혜가 경찰에 넘겼기 때문이었다. 그러니 나가는 순간 체포될 것이고, 곧바로 서로 연행될 것이다.

구속영장?

아마 빛의 속도로 나올 것이다.

"이걸로 박수연은 끝냈고……."

치익.

"후우……."

소파에 앉아 연기를 내뿜은 지영은 폰을 꺼내 어딘가로 전화를 걸었다.

뚜르르, 뚜르… 뚝.

ㅡ네, 장훈입니다.

"올라오시죠."

ㅡ네.

잠시 뒤 장훈 실장이 올라왔다.

그가 앞에 앉자 지영은 가만히 그를 보다가 피식 웃었다.

"이러다 정들겠는데요?"

"후, 그러게 말입니다."

장훈 실장은 지영의 말에 고개를 절레절레 저으며 대답했다. 아닌 게 아니라 사고만 터지면 둘이 계속 보게 된다. 지영은 이번 일을 기획하면서, 절대 대충하지 않았다. 일단 증거를 확보한 지영은 장훈 실장에게 처음으로 먼저 연락을 했다. 지영의 연락을 그는 당연히 떨떠름하게 받았지만, 이어서 지영이 보내준 증거에 기겁을 했다. 가문에서 축출당한 미친 인간이 유배를 당하고 나서도 정신 못 차리고 지영의 암살을 의뢰했다는 사실에 대한 증거이니, 그가 뒷목 잡고 쓰러지지 않은 것만 해도 다행이었다.

원하는 게 있으니, 먼저 연락을 했다는 것쯤은 그도 알고 있었기 때문에 장훈 실장은 바로 지영을 찾았다. 그리고 오성의 회장에게 전권을 위임받고, 상황을 해결하기 위해 지영과… 손을 잡았다. 하지만 결론은 쉽게 나지 않았다. 지영이 원하는 건 이성준의 완벽한 침묵이었기 때문이고, 장훈은 어떻게든 그것만큼은 막아야 했기 때문이다. 그리고 며칠에 걸친 협상 끝에, 결론이 났다.

치익.

"후우……."

장훈이 피곤한 얼굴로 연기를 내뿜자, 지영은 조용히 물었다.

"준비는 끝났나요?"

"후우… 끝났습니다."

장훈은 쓸쓸한 얼굴로 연기를 내뿜었다.

오성 회장은 결국 포기했다. 그는 어떻게든 목숨만큼은 지켜주고 싶어 했다. 아무리 쓰레기라고 해도 가문의 일원이니, 그냥 조용한 곳에서, 숨죽이고 살았으면 했다. 하지만 이성준은 그러지 않았다. 따로 숨겨뒀었던 돈으로 다시 마피아를 고용해 지영을 죽이려 했다. 그것도… 지영의 결혼식 날을 목표로 잡았다.

가장 행복한 날에, 가장 큰 절망을 줄 계획을 세웠다.

하지만 이미 지영에게 전부 들켜 버렸고, 지영이 장훈 실장을 통해 전달해 준 계획, 증거는 오성 회장이 결단을 내리게 만들었다.

가문에서의 축출?

아니었다.

지영이 원한··· 완벽한 침묵이었다.

불가능하다고?

이미 지영은 모든 증거를 손에 넣었다.

그 증거가 만약 인터폴이나, 한국의 경, 검에 전해진다면?

오성은 창립 이후 최악의 위기를 맞게 된다.

경, 검만 움직이는 걸로 안 끝날지도 모른다.

테러.

이는 정부 자체가 움직일 빌미도 만들어 준다.

그렇게 기업이 흔들리면?

안 그래도 이를 갈고 있는 대성 그룹과, 중원 그룹이 가만히 있을 리가 없었다. 그럼 기업체 몇 개 날아가는 정도로 안 끝나는 것이다. 회장 일가, 사장단은 무조건 박살 날 거고, 또 다른 두 개의 제국이 힘을 합쳐 오성을 갈가리 찢어버릴 것이다. 제국의 힘으로 막을 수 있지 않느냐고?

그것도 어느 정도여야 막는 것이다.

테러는, 최악의 범죄다.

이미 마피아를 통해 납치를 했던 전적이 있어 이성준 하나로는 절대로 안 끝난다. 정계? 아무리 돈을 써도 아예 받지 않을 것이다. 오성에서 건네는 정치자금을 받는 순간 그 의원은, 그 순간 타깃이 되어 나락으로 떨어질 것이다. 게다가 마지막으로… 민심이 움직이면? 불매운동 정도로 안 끝난다.

범죄 기업이란 낙인이 찍히는 순간 그 회사 직원들을 빼면, 거의 모든 분야에서 매출이 폭락할 것이고, 그 자리는 자연스럽게 대성과 중원 등의 기업으로 넘어갈 것이다.

즉, 지영이 손에 쥔 증거가 어디로든 넘어가기만 하면 오성은 정말 그룹이 찢겨질 정도까지 얻어맞는단 소리였다.

그래서… 오성 회장은 결정해야 했다.

개망나니 하나가 그룹을 폭파시키는 걸 막으려면, 그 방법밖에는 없었다.

"시작하죠, 그럼."

"네……."

담배를 끈 장훈은 폰을 꺼내, 전화를 연결했다.

뚜르르, 뚜르르.

─장 실장? 장 실장이 이 시간에 무슨 일이야.

날이 바짝 선 이성준의 목소리가 건너왔다.

"후우… 안녕하십니까. 도련님."

피식.

건너편에서 실소가 넘어왔다.

—도련님? 장 실장이 나를 도련님이라 생각하긴 해?

"네, 아직까지는요."

—아직까지?

"네, 이제는 도련님이라 부를 필요가 없을 것 같습니다."

—…그게 뭔 개소리야!

버럭 짜증을 내는 이성준의 목소리를 들으며 지영은 역시 이 새끼는 살려둘 필요가 없는 놈이라는 걸 다시 한번 확신했다. 지영은 상체를 앞으로 내밀었다. 어차피 스피커폰으로 돌려놓은지라 이 정도 거리면 충분히 이성준에게 목소리가 전달된다.

"이성준."

—…누구냐.

"이거 섭섭한데, 내 목소리를 다 잊고."

까드득……!

이가 갈리는 소리가 넘어왔고, 지영은 피식 웃었다.

—니가 왜… 장훈 실장이랑 있어!

"글쎄? 내가 왜 이 사람이랑 있을까? 너 머리 똑똑하잖아. 잘 생각해 봐."

—이런 씨발! 장 실장! 뭐야! 당신 지금 회장님을 배신한 거야?

배신이라니… 무슨 섭섭한 말씀을? 지영은 피식 웃고는 장훈 실장을 바라봤다. 그러자 그가 한숨을 내쉬곤 고개를 숙였다.

"도련님. 거기서 또 마피아랑 접선하셨습니까?"

—…그걸 장 실장이 어떻게 알아? 뭐야, 나 감시한 거야?

"감시 정도야 기본입니다. 근데 메이드를 통해 마피아랑 접선했을 줄은, 저도 예상하지 못했습니다."

—당신… 강지영 그 개새끼한테 붙은 거야?

"저 지금… 회장님 지시로 나와 있습니다."

—…….

회장님 지시.

제국 황제의 명령으로 지영과 함께 있다는 사실이 무엇을 뜻하는지 이성준이 모를 리가 없었다. 그래서 그는 곧바로 답을 하지 못하고 침묵했다. 그런 그에게 이번엔 지영이 다시 말했다.

"내가 모를 줄 알았지? 박수연 나한테 접근시킨 거."

—…….

"니가 마피아랑 접선한 것도 내가 알아냈어. 너만 그런 생각한 게 아니야, 이성준."

—흐흐…….

"내 결혼식 날을 거사 당일로 잡은 것 같던데. 어쩌냐? 너랑 접선했던 마피아들… 이미 땅에 묻혔는데.”

―어떻게! 왜, 씨발!

“말했지? 너만 사람 부리는 거 아니라고. 날 아직도 몰라? 아직도 내가 평범한 배우처럼 보여? 그렇게 나한테 당하고도, 아직도 그런 순진한 생각하고 있는 건 아니지?”

―으아……!

지영의 말에 악을 쓰는 이성준을 보며, 역시 이놈을 지금 끝내는 판을 짜길 잘했다는 생각이 들었다.

“이성준.”

―개새끼! 죽여 버린다! 넌 내가 반드시 죽인다! 으아아!

“글쎄다. 너한테 이제 기회가 있으려나 모르겠네.”

―지랄하지 마! 넌 내가 어떻게든 파멸시켜 버린다! 나락으로 떨어뜨려 버릴 거야! 장 실장! 회장님이 뭐라고 했는지 모르겠는데! 당신도 조심해!

이성준은 흥분했고, 그래서 결국 선을 넘었다.

조심하란 말에 장훈의 눈빛이 차갑게 굳었다.

“도련님. 아니, 이성준이.”

―뭐, 뭐? 너 이 새끼! 지금 뭐라 그랬어! 사냥개 새끼가 어디서! 개 주제에 지금 주인한테 덤벼드는 거냐!

“당신은 너무 큰 실수를 했어. 테러라니. 오성 그룹을 갈가리 찢을 생각이었던 건가?”

―그 정도로 안 무너져! 제국이야! 오성은 대한민국을 넘어서는 제국이라고! 그런데 고작 그 정도로 무너진다고? 당신, 회장님 지시 맞아? 이 새끼 너! 내가 지금 당장 알아볼 거야!

흥분한 이성준에겐 지금 어떤 말도 들리지 않았다. 아니, 애초에 이해할 생각 자체가 없어 보였다. 지영의 등장으로 이미 이성을 잃었기 때문이었다.

"후우, 그럴 필요 없어. 회장님 지시 사항을 이제 따를 예정이니까."

―뭔 개소리냐고, 자꾸!

"지영 씨."

지영은 폰을 꺼내 전화를 걸었다.

그러자 잠시 뒤, 나른한 인사가 들려왔다.

―Allô……?

"시작해."

―Oui…….

뚝.

전화가 끊기자 지영은 다시 장훈의 폰으로 고개를 숙였다.

"이성준."

―뭐, 이 개새끼야.

"잘 가라."

―뭐……?

퍼걱!

스피커폰 건너편에서, 소름끼치는 파열음이 들려왔고, 지영은 그 소리를 듣는 순간 통화 종료 버튼을 눌렀다. 그리곤 폰을 장훈에게 돌려줬다.

"……"

"……"

잠시 지영을 바라보던 그는 후우, 짧은 한숨과 함께 그대로 돌아섰다. 그가 나가자 지영은 소파에 털썩 앉았다.

치익.

"후우……"

연기를 내뿜은 지영은 눈을 감았다. 눈도 **뻑뻑**하고, 골도 아팠다. 그래서 당분간은 아무런 생각도 하기 싫었다. 하지만 속은 앓던 이를 뽑은 것처럼… 후련했다.

Chapter96
낙엽 지는 쓸쓸한 계절에

9월 중순, 대한민국을 뒤흔든 사상 최악의 여배우 스캔들
이 가라앉았을 때쯤엔 역대급 무더위가 가기 싫다고 억지를
부릴 때쯤이었다. 그런 더위를 시원한 가을바람이 살살 달래
보내고 나자, 낙엽 지는 쓸쓸한 가을이 더위가 다시 올세라
얼른 다가왔다.

　촬영장에도 바람이 솔솔 불었다.

　산을 타고 내려오는 바람은 여름 내내 지쳤던 촬영 팀에게
메마른 사막의 오아시스와 같은 역할을 했다. 지영도 바람에
충분히 감사하고 있었다.

사아, 사아아.

나뭇잎 흔들리는 소리를 들으며 지영은 주변을 둘러봤다.

학교, 거리 신은 여름 내내 전부 소화를 했다. 이제 집에서의 일상을 며칠간 찍을 차례였다.

'이제 이번 세트장 신이 끝나면 솔도 후반부만 남겠구나.'

사회가 박수연 스캔들로 미쳐 돌아갈 때 솔의 촬영은 꾸준히 진행됐다. 마치 나와는 상관없다는 것처럼 착실히 진행됐다. 이러한 쾌속 진행에는 지영과, 두 제자의 연기력이 빛을 발했기 때문이기도 했다. 조연 배우들이야 이민정 감독이 주로 섭외하는 배우들인 덕에 그들 사이의 호흡은 정말 끝내줬다.

지영은 폰을 꺼내서 스케줄을 확인했다.

딜레이만 되지 않으면 빠르면 한 달하고 일주일 정도면 촬영이 끝난다.

'완연한 가을의 모습이야 이민정 감독이 혼자 돌아다니면서 담으면 되니 문제없고.'

그럼 남은 건 배우들의 신이었다.

메이크업을 끝낸 지영은 소파에서 대본을 꺼냈다.

오늘도 지영의 신보단 제자들의 신이 많았다.

지영은 오늘 대사뿐만이 아니라, 앞으로 남은 신의 내용을 다시 한번 숙지하기 시작했다.

솔은 친구가 없었다. 언제나 바르고, 공부도 잘하는 솔은 당연히 선생님의 사랑을 독차지했다. 그래서 그를 시기한 반 친구들은 솔을 따돌렸다. 하지만 솔은 그런 것엔 아랑곳하지 않았다.

학교에서는 열심히 공부하고, 하교 후에는 집에서 동생들과 엄마를 돌봤다. 아직 어려서 아르바이트를 할 수도 없는 솔은 학교 외에 모든 시간을 집이나, 집 근처에서 보냈다. 외로움? 그런 걸 느낄 겨를도 없었다.

솔을 둘러싸고 있는 환경은 공부, 가족 외에 딴 생각을 허락하지 않았다. 가끔 솔이 딴생각을 할 때는, 윤이 찾아왔을 때였다.

엄마가 죽고 나서도 꾸준히 솔의 가족을 보살피는 윤. 솔은 그런 윤을 자연스럽게 의지하게 된다.

물론, 사랑은 아니었다.

솔에게 윤은 어렸을 적 읽었던 키다리 아저씨 같은 존재였다. 힘들 때나 기쁠 때나, 언제 곁에서 같이 슬퍼해 주고, 웃어 주는 그런 존재였다. 윤도 그 포지션을 넘지 않았다. 솔의 성장을 기꺼워하며 바라보고, 지켜주고, 도와줄 뿐이었다.

솔은 그렇게 윤의 도움을 받으며 성장한다.

지적으로, 육체적으로, 계속 성장한다.

올바른 인성을 쌓아가고, 원하는 꿈을 이루기 위해 진리를 탐구한다. 그 와중에도 동생들은 지극정성으로 챙겼다.

'솔은 어쩌면 은재의 자화상일지도 모르겠어.'

아니, 아마 그럴 것이다.

솔은 분명 은재 본인의 어릴 적 생활이, 감정이 섞여 들어갔을 것이다. 언젠가 물어봤을 때 은재는 그냥 웃으며 고개를 저었지만 지영이 보기엔 거의 확실했다. 다른 게 있다면 현실과 소설 속의 설정뿐이었다.

은재는 아예 버려진 고아였고, 솔은 부모님을 일찍 여읜 소녀 가장이었다.

은재는 고아원에서 컸고, 솔은 그래도 가족이 있었다.

솔에게는 윤이 있었고, 은재에게는 은채, 지영이 있었다.

그렇게, 그 정도만 다를 뿐이었다.

은재의 이야기를 아는 사람은, 은재의 팬들은, 솔과 은재를 거의 동일시했다. 다만 본인만 부정할 뿐이었다. 부정하는 이유는 지영도 잘 몰랐다. 물어봐도 그냥 웃고 말아서 지영도 이제 굳이 묻지 않았다.

끼익.

대본을 덮는 찰나 대기실 문이 열리면서 제자들이 들어왔다.

"샘! 안녕하세요!"

"안녕하세요오……."

이제는 익숙한, 언제나 활발한 안혜성과 오늘도 변함없이 힘들어하는 이혜성의 인사에 지영은 고개를 끄덕였다.

"어서 와. 아침은?"

"먹고 왔어요!"

"먹었어요오……."

힘차고, 힘없이 나온 서로 다른 대답을 들은 지영은 앉으라고 손짓을 했다. 두 제자들과 잠시 수다를 떨던 지영은 지잉, 지잉 울리는 전화에 얘기를 끝내고 자리에서 일어났다. 폰을 확인하니 김지혜였다.

"잠시만요."

―네.

전화를 받아 양해를 구한 지영은 바로 자리를 옮겼다. 주변에 사람이 없는 곳으로 온 지영은 다시 폰을 귀에 댔다.

"네, 말하세요."

―보고서 올렸습니다.

"급한 내용이 있나요?"

―네.

"…후우……."

지영은 한숨을 내쉬었다.

지난 한 달간, 이성준을 해결했다고 지영의 삶이 편안했던 건 절대로 아니었다. 지영은 직감적으로 알고 있었다. 오성이 결국 이성준을 버렸지만, 그 때문에 지영에게 엄청난 원한을 가지게 됐다는 사실을 말이다.

제아무리 버린 자식이라도 핏줄이다.

아무리 개망나니 쓰레기라고 해도 핏줄이다.

제국에서는 버려졌지만, 그래도 대저택에 유배된 것만 해도 충분히 알 수 있었다. 그래서 지영은 경계했다. 장훈이 돌아가 자마자 바로 김지혜에게 연락해 오성에 집중해 달라고 부탁했다. 오성의 회장은, 제국을 무너지게 할 것 같은 자식마저 버렸다. 그런 냉혈한이, 지영을 그냥 둔다?

어불성설이었다.

그래서 매일같이 긴박한 일이 생길 때마다 김지혜는 지영에게 이렇게 보고를 올렸다.

"이번엔 어디죠?"

―어머님이 운영하시는 재단을 조사하는 것 같습니다.

"흠……."

임미정이 운영하는 햇빛 재단은 솔직히 걱정이 없었다. 워낙에 투명하게 운영하기 때문에 판다고 해서 뭐가 나올 건수 자체가 없었다. 하지만, 오성은 원래 그런 건 개의치 않는 족속들이다.

대성과 중원도 제국을 세우는 과정이 그리 깨끗하진 않았다. 하지만, 그래도 최소한 국민의 고혈을 쥐어짜진 않았다. 하지만 오성은 아니었다. 초창기의 오성을 한마디로 정의하면, 포식자였다.

반도체, 철강, 건설, 자동차 쪽에서 벌어들인 돈으로 닥치는 대로 먹어치웠다. 불법, 협박 등등은 물론, 정, 경, 검, 정부에 심지어 군까지 로비를 먹여가며 덩치를 불렸다. 말도 안 되는 일일 것 같지만, 말이 되는 일이었다. 80년대, 그 시절이라면 말이다. 그 당시 초대 회장의 이른 아들이었던 현 회장은, 그 모든 일을 진두지휘했었다. 그래서 지금 오성의 현 회장은 피도 눈물도 없는 악마라고 세인들이 불렀다. 그런 자가, 악독한 마음을 품었다.

"알겠어요. 어머니한테는 제가 저녁에 말해놓을게요. 무슨 문제 생기면 바로바로 연락주세요."

―네.

뚝.

전화를 끊은 지영은 주머니를 뒤적거렸다. 한동안 끊었지만 요 근래 또 문제가 터지면서 결국 다시 피우게 된 담배였다.

치익.

"후우……."

이성준을 제거했던 건, 잘못된 선택이었을까?

'아니, 살려뒀으면 놈은 끝까지 나를 죽이려고 할 거다.'

그럼 그러한 사실만 알렸으면?

오성이 가만히 안 있을 것이다.

오성도, 지영도 서로 알고 있는 것들이 있었다.

그래서 둘 다, 폭로전만큼은 피하고 있는 상황이었다. 얽히고설킨 게 아주, 엉망진창으로 꼬인 실타래 저리가라였다.

지잉.

[샘! 저희 촬영 들어가요!]

안혜성에게 온 메시지를 읽은 지영은 꽁초를 재떨이에 버리고는 다시 촬영장으로 돌아갔다. 지영은 돌아가면서 생각했다. 현재 이 정신없는 상황을 마무리하기 전까진, 작품은 잠시 쉬자고. 그러니 신세계 외전도 고사할 생각이었다.

*   *   *

10월이 됐다.

8월이 박수연 스캔들로 떠들썩했다면, 9월은 마치 숨고르기를 하는 것처럼 조용했다. 하지만 10월이 되자 증권가를 비롯한 여러 곳에서 기묘한 분위기가 감지되기 시작했다. 첫 번째로 문제가 터진 건 난민이었다. 아니, 난민 문제야 항상 있었다. 하지만 이번엔 진짜⋯ 제대로 터졌다.

여중, 여고생 자매를 집단 성폭행한 뒤 살해한 난민들에게 국민적인 분노가 쏟아졌다. 이는 엄청났다. 촛불 시위? 부검을 통해 사인과 난민들이 자매에게 어떤 짓을 했는지 알려지자 국민들은 당장 사형시켜야 한다고 악을 쓰고 난리도 아니었다. 게다가, 이놈들은 체포되면서 웃기까지 했다.

악마의 미소.

그 미소에 국민들은 말문이 턱 막혔다. 그리고 이후… 상황은 걷잡을 수 없는 지경으로 흘러갔다. 머리끝까지 화가 난 이들 몇이 실제 행동에 나섰다. 대한민국에서 정말 말도 안 되는 일이 벌어졌다.

동영상 플레이 사이트에 난민들을 심판하겠다는 이들이 등장하기 시작한 것이다. 그런데 더 큰 문제는, 실제로 심판이… 내려졌다. 대한민국 한복판에서 밀반입한 권총으로 포승줄에 감겨 내리던 난민들을 법원 앞에서 쏴 죽인 이가 나타난 것이다. 당연히 그자는 그 자리서 구속됐고, 이는 또 다른 문제를 낳았다.

당연히 거의 모든 곳에서 갑론을박(甲論乙駁)이 벌어졌다.

그리고 이 자체가 사회의 분위기를 순식간에 뒤바꿨다. 정말 바람 잘 날 없다던 대한민국이 또 다시 시끄러워지는 순간이었다. 외신에서도 이런 한국의 사건을 중요하게 다뤘다. 경, 검은 물론 재판부에서 어떤 판결을 내릴지, 세계적으로 이목이 집중되면서 엄청나게 뜨거워지기 시작했다.

하지만 사회적인 분위기가 그렇게 뜨거워도, 사회는 정상적으로 굴러갔다.

지영도 마찬가지였다.

지영은 조용히, 솔의 촬영에 집중하고 있었다. 어느덧 후반부로 들어선 솔은 무난하게, 아주 무난하게 순항하고 있었다.

10월의 셋째 주, 자매 강간 살인 사건 재판을 앞두고 사회적으로 분위기가 들끓고 있어도 지영은 여전히 촬영장에 있었다.

"어후… 난리도 아니다, 난리도 아니야……."

"……."

한정연의 말에 지영은 조용히 고개만 끄덕였다. 지영은 그런 분위기를 가장 근접 거리에서 느끼고 있었다. 아직 총장자리에 앉은 강상만에게 여러 가지 얘기를 듣기 때문이었다. 요즘 그는 그 문제로 아주 골머리를 썩고 있었고, 그 때문에 임미정도, 지영도 걱정이 이만저만이 아니었다.

"휴, 맞다. 지영아."

"네?"

옷을 이리저리 대보던 한정연이 갑자기 불러 지영은 시선을 들었다.

"내일 시사회 말인데, 생각하던 의상 스타일 있어?"

"음, 그냥 무난하게 입으려고요. 제가 막 튀는 옷 입고 그러진 않잖아요."

"그건 그렇지."

"평소처럼 입을게요. 깔끔한 걸로."

"오케이!"

내일은 박종찬 감독과 신은정 작가가 몇 달간 심혈을 기울여 편집을 마친 왕야 숙의 VIP 시사회가 있는 날이었다. 장소는 당연히 대성호텔이고, 프리미엄 상영관을 통째로 빌려서 하기로 했다.

"요즘 진짜 뒤숭숭한데, 문제없겠지?"

"네, 경호원들도 많이 들어오니까요. 별일 없을 거예요."

안 그래도 이미 정순철 팀장을 통해 명단은 전부 확인했고, 김지혜를 통해 광신도들부터 오성까지 싹 조사 중이었다. 두 사람을 통해 듣기로는 현재까지 별문제는 없었다. 메이크업을 끝낸 지영은 한정연이 준비해 놓은 옷으로 갈아입었다. 준비를 끝낸 지영은 밖으로 나갔다. 밖은 촬영이 한창이었다.

동생들과 놀아주는 솔, 밥을 준비하는 솔, 동생들이 잠든 틈을 타 공부하는 솔까지, 안혜성과 이혜성이 번갈아가며 신을 소화하고 있었다. 지영은 두 제자가 촬영하는 모습을 가만히 지켜봤다.

이제는 코치해 줄 필요도 없을 정도로 성장한 제자들의 모습에 지영은 저도 모르게 뿌듯한 미소를 머금었다.

"컷!"

이민정 감독의 컷 사인에 안혜성이 연기를 멈추고, 크게 심호흡을 했다. 이후 신을 확인하고, 세팅이 끝나자 지영은 이번엔 이혜성과 함께 촬영에 들어갔다. 이번 신은, 윤이 치킨을 사 와 솔과 선아, 준우와 함께 즐거운 식사 시간을 가지는 신이었다. 신은, 단번에 오케이를 받았다.

두 제자와 지영의 호흡은 역대급이라 평가될 정도로, 최고였다. 솔 촬영은 그렇게 마지막을 향해 달려가고 있었다.

온갖 안 좋은 기사만 올라오는 포털 기사란에, 간만에 즐거운 기사가 올라왔다. 몇 십만의 지영 팬이 기다리던 왕야 숙의 VIP 시사회가 열린다는 소식이었다. 엄청난 경쟁률을 뚫고 즐거워하는 사람들과, 가지 못해 우울해하는 사람들, 그리고 초대권을 파는 암표상까지 등장했다는 기사들이 줄줄이 올라왔다.

활력.

간만에 증오, 분노가 아닌 좋은 의미의 활력이 솟아나기 시작했다. 아침부터 마치 '짠' 것처럼 우후죽순 올라온 기사들은 국민들의 불붙은 분노를 꺼뜨리고, 잠시 다른 곳으로 눈을 돌리게 만들었다.

오후 두 시, 지영은 대성호텔에 도착했다. 레드카펫이 아닌

지라 지하 주차장에서 화물용 승강기를 타고 위로 올라간 지영은 바로 대기실로 향했다. 대기실에 도착하자 배우들이 벌써 모여 있었다.

"왔냐."

"네, 선배님. 안녕하세요."

"그래."

후우, 최민석의 표정은 무거웠다.

지영은 그 이유를 알 것 같았다.

박수연, 그 여배우 때문이었다.

같이 작품을 하기로 했던 배우였다.

정확한 내막은 모르지만, 최민석은 얼추 눈치는 챈 것 같았다. 그가 영화계에 몸담고 있던 시간은 짧지 않다. 그래서 알음알음 들은 것들이 있었고, 이번 박수연 스캔들에 지영이 연관되어 있다는 사실도 눈치를 챈 것 같았다. 사실 쉬웠다. 이성준과 박수연의 관계, 이성준과 지영의 관계를 알고만 있으면 충분히 파악이 가능하다. 아마 영화계 정보통이 상당하니, 최민석은 그들을 통해 파악을 한 것 같았다. 하지만 지영은 사과하지 않았다. 한 사람을 파멸로 이끌었다.

그리고 끝끝내… 박수연은 견디지 못했다.

그래도 구속수사는 면했지만, 3번째 조사 전날, 박수연은 집에서 목을 맸다. 어둠을 숨기고, 찬란함으로 겉을 포장했던 여배우의 죽음은 솔직히 대한민국을 떠들썩하게 만들었어야 했으나… 그녀에게 동정표는 거의 돌아가지 않았다. 별처럼 빛났던 스타의 죽음은, 너무나 쓸쓸했다. 심지어 정말 친했던 연예인들 몇몇 빼고는, 그녀의 장례식장에 간 배우들이 거의 없었을 정도였다.

드륵.

"얘기 좀 하자."

"네."

의자를 뒤로 밀며 자리에서 일어난 최민석의 말에 지영은 고개를 끄덕였다. 지영은 그가 나가자 다른 배우들에게 따로 인사를 하곤 바로 뒤따라 나갔다. 김은채가 항상 지영이 올 때면 비워놓는 휴게실로 들어가자 선객이 몇 명 있었다. 하지만 두 사람의 분위기가 심상치 않은 걸 알고는 바로 담배를 끄고 밖으로 나갔다.

딸각.

지영은 누가 못 들어오게 문을 걸어 잠갔다.

"담배 태우지?"

"네."

치익.

직접 불까지 붙여주는 최민석의 표정은 어딘가 착잡해 보였다.

"후우……."

그리고 길게 연기를 내뿜은 그가 고개를 숙였다.

"미안하다."

"……."

"박수연이가 설마 그런 생각으로 작품에 들어온 줄은 몰랐다."

허……?

지영은 고개를 갸웃했다.

'이 정도면 다 알고 있는 건데?'

근데 어떻게 알았지?

박수연이 흑심을 품고 박훈석 감독에게 접근했다는 사실은 솔직히 오성도, 지영도 입 밖으로 내선 안 되는 극비다. 게다가 서로 이미 장훈 실장을 통해 암묵적으로 합의를 봤다. 이성준의 죽음을 묵인한 이유도, 지영이 이성준이 자신에게 했던 일을 무덤까지 가지고 들어간다는 조건이 붙었기 때문이었다.

그런데 최민석이 안다?

이건 쉽게 생각할 문제가 아니었다.

"어떻게 아셨어요?"

고개를 돌리고 연기를 뿜어낸 지영은 단도직입적으로 물었다. 이 정도 확신을 가진 사람에게 빙빙 말을 돌리는 건 애초에 불가능했다.

"훈석이가 알고 있었더라."

"네?"

"훈석이 와이프가 오성가 사람이다. 미디어 계열 부사장을 맡고 있지."

"아……."

박훈석 감독은 세계적으로 유명한 감독이었다. 이렇게 되면 이성준이 박훈석 감독이 신작에 지영을 염두에 둔 캐릭터를 구상하고 있다는 걸 아는 것도 그리 어렵지 않았을 것이다.

"와이프가 박수연을 받아주란 말도 넌지시 했단다."

"……."

"미안하다. 그것 때문에 니가 곤경에 빠졌다고, 훈석이가 자책 많이 하더라."

"후……."

박훈석이 오성가 사람과 결혼을 했다면, 사실상 그도 오성가 사람이라고 봐야 했다. 제국의 중추까지는 못 가도, 분명 내부적인 일을 들을 수 있는 위치였다. 그래서 와이프, 혹은 오성가 사람들에게 들은 얘기를 그는 최민석에게도 전했다.

'사람은 나쁘지 않네.'

지영은 박훈석 감독이 그리 나쁜 사람이 아니라는 건 알

수 있었다.

"저는 괜찮아요. 어차피 다 해결했고."

"그래도 훈석이나 나 때문에 정말 큰일 치를 뻔했다. 미안하다."

"괜찮다니까요."

알고 저지른 잘못과, 모르고 저지른 잘못은 역시 차별을 둘수밖에 없었다. 그리고 그 잘못을 사죄하는 것도, 매우 중요했다. 지영이 박수연에게 그렇게 모질게 손을 쓴 이유도 그 때문이었다. 정말, 정말 어쩔 수 없이 가담한 거라면 지영도 그정도까지 손을 쓸 생각은 없었다.

"훈석이가 그러더라. 영화 얘기 말고, 꼭 너를 만나서 직접사죄하고 싶다고."

"흠… 그럼 오늘 저녁에 뵐까요? 저 당분간은 촬영 스케줄이 계속 있어서요."

"그래, 알았다. 시간 맞춰서 부르마."

"네."

"먼저 가서 준비해라, 나는 연락하고 가마."

고개를 끄덕인 지영은 밖으로 나왔다.

그 건에 관련된 건 이제 여기서 마무리하는 게 좋았다. 그리고 최민석은 영화만 신경 쓰는 사람이다. 혹시라도 그가 박수연의 검은 속내를 알았다면, 절대로 지영을 부르지 않았을 것이다. 지영은 그 부분을 잘 아니, 최민석의 사과를 깔끔히 받아들였다. 그리고 이따 만나봐야 알겠지만 박훈석 감독도 최민석과 함께 오랜 시간 영화를 함께 해온 감독이니 심성은 대충 알 것 같았다. 대기실로 돌아온 지영을 향해 오랜만에 보는 이수진이 도도도 달려왔다.

"오빠!"

퍽!

어깨로 들이받다시피 하며 이수진이 지영에게 격하게 안겼다. 감정이 아주 다분하게 실린 안기기라, 지영은 저도 모르게 신음을 흘렸다.

"윽……."

"오빠 미워요!"

"넌 또 왜?"

"제자!"

피식.

안혜성과 이혜성을 제자로 들인 게 서운했나 보다. 이수진도 지영이 연기를 알려주긴 했지만 두 제자처럼 완전히 붙어서 하나부터 열까지 전부 알려준 건 아니었다. 자신을 친오빠처럼 따르는 이수진이니 충분히 그럴 수도 있어서 지영은 그냥 이수진을 머리를 흐트러뜨렸다.

"앗! 하지 마요!"

"왜?"

"샵 갔다 왔단 말이에요!"

"그래서 그러는 거야. 가서 머리 다시 하라고."

"으아!"

지영이 자꾸 머리에 손을 대자 결국 이수진은 새 된 비명을 지르며 지영에게서 얼른 도망쳤다. 그녀가 사라지고 나서야 지영은 의자에 앉아 메이크업을 받기 시작했다.

"최민석 선배님이 왜 불렀어?"

이성은의 질문에 지영은 눈을 감으며 대답했다.

"그냥, 작품 문제 때문에 잠깐 부른 거예요."

"아하? 고개 살짝 숙여봐."

슥슥, 마스터의 경지에 다다른 이성은의 손길이 더해지자, 지영은 다시 왕야 숙이 되었다. 메이크업을 다 받은 지영은 한정연이 건네주는 옷으로 갈아입고, 시사회 나갈 준비를 끝냈다. 시간은 쑥쑥 지나가 금세 시사회 시간이 됐다. 지하 1층의 영화관으로 향해 무대에 오르자 벌써 시사회에 초대받은 이들이 전부 착석해 있었다. 낯익은 배우들의 모습도 많이 보였다. 특히 거의 가장 앞에 앉아 손을 흔드는 황정만의 모습은 유독 눈에 띄었다.

"자! 그럼 기다리고 기다리시던! 왕야 숙의 브이아이피 시사회를 시작하도록 하겠습니다!"

익숙한 여자 MC의 멘트를 시작으로, 시사회가 시작됐다.

*　　　　　　*　　　　　　*

"와하하!"

이수진의 막춤에 초대받은 관객들이 일제히 웃음을 터뜨렸다. 훤칠한 키로 허우적거리듯이 막춤을 추자 근엄한 최민석마저 웃음을 터뜨렸을 정도였다. 지영도 그 모습을 마이크를 쥔 손으로 가볍게 박수를 치며 즐겼다. 이수진은 확실히 끼가 있었다. 아직 어린 것도 있지만 저렇게 뻔뻔한 얼굴로 저런 춤을 추는 건 쉽게 할 수 있는 게 아니었다. 2분여간 막춤을 끝낸 이수진이 다시 도도한 표정, 걸음으로 자리에 가서 앉았다.

"휴우."

그리곤 다시 뻔뻔하게 이마에 붙은 머리카락을 슬쩍 뒤로 넘겼다. 아마, 이걸로 포털 검색어 순위는 충분히 들어갈 것이다.

"자, 모델 겸! 배우 인! 이수진 양의 댄스 신고식이었습니다. 박수!"

"와아……!"

짝짝짝!

휘이익!

공간이 밀폐되어 있어서 천둥치는 것처럼 박수 소리와 휘파람 소리가 울렸다. 이어서 모두가 고대하고 고대하던 지영과 포옹을 나누는, 행운의 주인공을 뽑는 추첨이 이어졌다. 사전에 준비된 거고, 오케이를 했기 때문에 지영은 거부감 없이 나와서 통 앞에 섰다.

"이제! 가장 흔하지만! 팬들이 가장 기대하던 순서입니다! 무려! 대스타 강지영과의 포옹! 그 행운의 주인공을 뽑겠습니다!"

싸아…….

함성이 나올지 알았는데 의외로 조용했다.

아니, 엄숙하기까지 했다. 그동안 지영은 시사회를 하면서 이런 이벤트에 참여하지 않았었다. 주변이 안정되지 않아서 누가 칼을 들고 달려들지 알 수 없어서였다. 하지만 이성준이 해결된 지금, 충분히 해도 될 것 같았다.

최초로 지영의 팬 서비스를 받는 추첨이라 그런지 다들 긴장한 표정이 역력했다. 초대권을 받은 오백 명 중, 사백이 넘는 인원이 지영의 여성 팬인지라 긴장감은 더했다.

"지영 씨! 뽑기 전에 제가 한 가지 제안을 해도 되겠습니까?"

"네, 하세요."

그 말에 지영이 고개를 끄덕이며 대답하자 MC는 바로 관객을 둘러보며 씩 웃고는, 말을 이었다.

"솔직히 남자와 남자의 포옹을 보고 싶은 분은 없으시죠?"

"네에!"

우렁차다 싶을 정도의 대답에 지영은 그냥 피식 웃었다. 솔직히 지영도 그건 사양이었다. 그걸 아는지 MC는 다시 지영을 봤다가, 객석으로 시선을 돌렸다.

"남성분은 손 들어주세요!"

그러자 황정만을 포함해 50명쯤 되는 남자들이 전부 손을 들었다.

"그럼 손든 남성분들! 만약 자기 번호가 뽑히면 재추첨을 해도 된다! 찬성이신 분은 손 내려주세요!"

삭! 사사사사삭!

주변에서 바라보는 눈초리가 장난이 아니었기 때문에 손은 빛의 속도로 제자리를 찾아갔다. 그러자 씨익, 회심의 미소를 지은 MC가 이번엔 다시 지영에게 향했다.

"지영 씨!"

"네, 말하세요."

맛깔나게 진행을 잘해서 지영도 웃으며 대답했다.

"솔직히 세 명, 이거 너무 짠 거 아닙니까? 아주 짜다 못해 소태 같은데!"

"맞아요!"

"더 늘려주세요!"

MC의 말이 끝나기 무섭게 객석에서 요청이 날아들었다. 지영은 시선을 객석으로 돌렸다. 그러자 서서히 '열 명! 열 명!' 하고 합창을 하기 시작했다. 지영은 결국 고개를 끄덕였다. 세 명이나 열 명이나, 전부를 못 해주는 게 아쉬울 따름이었다.

"됐습니다! 그럼 열 명! 여러분들! 더 이상 욕심은 노노합니다! 자! 지영 씨! 번호를 뽑아주세요!"

고개를 끄덕인 지영은 번호를 뽑기 시작했다. 시작부터 남성 번호, 패스한 지영은 다시 뽑았다. 지영이 하나씩 번호를 뽑을 때마다 환호성이 흘러나왔다. 어떤 여성 팬은 눈물을 흘리기까지 했다.

열 개의 번호를 다 뽑자 아래서 진행하는 스태프가 당첨된 팬들을 무대로 인도했다. 무대로 올라온 열 명의 팬들은 발을 동동 구르며, 손으로 입을 막고, 어쩔 줄 몰라 했다.

피식.

너무 긴장한 팬들에게 적당히 다가간 지영은, 팔을 활짝 벌렸다. 그러자 안절부절못하던 팬이 도도도 달려와 지영의 품으로 점프했다. 그리곤 스르륵, 그 자리에 쓰러졌다. 과도한 흥분으로 인한 실신이다. 하지만 곧 정신을 차리곤 얼굴을 가린 채 무대를 내려갔다. 그렇게, 지영의 팬 서비스를 마지막으로 왕야 숙의 영상이 재생되었고, 시사회는 마지막을 향해 달려갔다.

박훈석 감독은 역시 생각보다 괜찮은 사람이다.

"정말 미안합니다, 지영 씨."

"후, 아니에요. 그보다 저랑 이성준에 관계에 대해 생각보다 많은 사람이 알고 있네요?"

집 근처에 있는 룸 형태의 이자카야에서 만난 박훈석은 들어오자마자 바로 지영에게 사과부터 했다. 그리고 지영은 그 사과를 깔끔하게 받아들였다. 하지만 의문이 있어 그렇게 되묻자 박훈석 감독은 고개를 저었다.

"저도 정말 우연찮게 알게 된 겁니다. 박수연 건을 제 와이프에게 부탁했기 때문에 연관이 있어 함구령이 내려왔거든요. 그래서 평소 친하게 지내던 오성가 쪽 직계에게 슬쩍 물어봤다가 알게 됐습니다. 이 건은 직계들만 알고 있다네요."

"후우."

벌컥벌컥.

속이 답답한지 소주를 글라스 잔에 가득 따라 마신 그는, 다시 후우… 한숨을 내쉬었다.

"영화만 하고 싶은데, 어쩌다가 사내 정치에도 휘말린 것 같아 기분이 참 더럽습니다."

솔직한 속내에 지영은 고개를 끄덕였다.

그럴 만도 했다.

한평생 영화에 미쳐 있던 사람이 결혼 뒤에 갑자기 자신의 의사와는 상관없이 정치에 연관되니, 짜증이 날 만도 했다. 천생 영화인. 최민석이 그러하듯, 박훈석 감독도 그러했다. 영화, 영화, 영화! 그의 머릿속엔 오직 영화밖에 없었다.

"쯧, 그러게 내가 니 결혼할 때 말하지 않았냐. 그 여자랑 결혼하면 나중에 분명 후회할 거라고."

최민석 감독의 말에 박훈석은 다시 후우, 크게 한숨을 내쉬었다. 한숨이 워낙에 커서, 정말 땅이 꺼지는 것 같았다.

"후, 형님 말 들을걸……. 이제 와서 후회되네요."

지영은 시사회가 끝나고 약속 장소로 넘어오면서 박훈석 감독에 대해 좀 알아봤다. 그가 오성가의 여식과 결혼을 한 건 정략결혼도, 데릴사위로 들어간 것도 아니었다. 그의 영화의 열렬한 팬이었던 지금의 와이프가 끝없이 구애를 했고, 처음에는 그것을 거절하던 박훈석 감독도 결국 그 사랑을 받아들여 결실을 맺었다.

즉, 둘 다 사랑해서 결혼했다는 소리다.

제국답지 않은 결혼식이라고 당시에는 난리가 나기도 했었다. 물론 제국의 직계는 아니었기 때문에 가능했던 스토리기도 했다. 하지만 제국이 뒤흔들리면서 권력 구도에 변화가 생기기 시작했고, 숨죽이고 있던 야망가들이 움직이면서 결국 박훈석 감독에게까지 영향을 미치기 시작했다.

이번 일이 그랬다.

'베갯머리송사.'

박수연 건은 아마 그렇게 이루어졌을 것이다. 물론 지영은 이제 이걸 탓할 생각은 없었다. 제국의 정치야 그들이 알아서 할 일이고, 문젯거리였던 이성준은 이미 해결되었기 때문이었다. 지영이 잔을 들자 최민석과 박훈석이 마주 잔을 들어 마주쳐 왔다.

쨍.

잔이 부딪치고 담겨 있던 소주가 찰랑거렸다.

지영은 순간 그 흔들림이 위태위태하다 느꼈다.

잔을 들이키자 쌉싸름한 소주 특유의 향이 입안을 맴돌았다. 술자리는 그렇게 계속됐다. 1시간 만에 박훈석 감독은 얼굴이 벌게졌고, 지영에게 연신 사과를 했다. 주정일 것이다. 지영은 그런 사과를 웃으며 다 받아줬다.

아마 여태까지 일도 못할 정도로 마음 쓰고 있었을 테니 이 기회에 모두 털어버렸으면 해서였다.

술자리는 1차에서 마무리가 됐다.

본가가 아닌, 적응하기 위해 새로 살 집에 도착한 시간은 11시쯤이었다. 현관문을 열고 안으로 들어가니 은재가 아직 안 자고 소파에 앉아 TV를 보고 있었다. 지영이 들어오자 은재의 옆에 앉아 있던 유선정이 조용히 2층으로 향했다. 그런 그녀에게 고개를 숙여 인사를 한 지영은 은재의 옆으로 향했다.

"흐흐, 뭐야? 벌써부터 마누라 혼자 내버려 두는 거야?"

"미안."

"장난이야. 술 많이 마셨어?"

"아니? 두 병 정도 마셨어."

"음… 그럼 얼마 안 마셨네."

톡톡.

은재가 손바닥으로 옆자리를 치자 지영은 냉큼 그 자리에 앉았다. 그러자 은재는 바로 지영의 어깨에 머리를 기댔다.

"아… 술 냄새. 흐흐."

"씻고 올까?"

"아니? 이것도 내 남자 냄샌데 뭐! 그냥 지금이 좋아! 흐흐."

은재 특유의 흐흐거리는 웃음은 언제나 그렇지만, 가슴을 진정시킨다는 생각에 지영은 조용히 웃었다. 둘은 그렇게 별로 재미있지도 않은 예능 프로그램을 보다가 12시쯤 자리에서 일어났다. 은재가 먼저 화장실에 다녀오고, 지영은 바로 샤워를 했다. 몸을 말리고 침대에 눕자 은재가 몸을 돌려 안겨왔다.

"킁킁, 역시 씻는 게 낫긴 하다. 흐흐."

"거봐. 아까 씻는다니까."

"흐흐, 괜찮아. 아 좋다. 내 남자 품에 안겨 있으니까."

"……."

은재의 말에 지영은 말없이 손을 뻗어 팔베개를 해줬다. 그러자 은재는 냉큼 머리를 들고 지영의 팔을 뱄다.

"안 무거워?"

"이따 저리면 몰래 뺄게."

"싫은데? 내가 못 그러게 할 건데?"

"너 잠들면 누가 업어 가도 모르잖아."

"아… 내 약점이지. 으으……."

확실히 은재는 잠을 깊게 드는 편이었다. 거의 기절한 것처럼 몇 시간이고 눈을 뜰 때까지 자는 게 은재가 자는 스타일이었다. 품에 더 꼭 안긴 은재가 속삭이듯 말했다.

"내일은 무슨 촬영해?"

"내일? 백화점 신이야."

"아… 백화점. 흐흐."

원작자니 그 말만으로도 충분히 내용을 예상할 수 있는 은재였다.

"너는?"

"난 내일 쉬는 날이지롱!"

"그래? 오랜만에 쉬네?"

"응응! 그래서 내일은 원고 좀 보려고!"

"쉬는 날인데?"

지영이 그렇게 묻자 은재는 씩 웃었다. 그리곤 쪽. 지영의 입술에 짧게 뽀뽀를 하곤 대답했다.

"놀면 뭐 해? 한 푼이라도 더 벌어야지!"

한 푼이라…….

지금도 남들은 상상도 할 수 없을 정도의 인세를 받는 소설가 유은재가 할 말은 아니었다. 물론 장난이었지만, 남이 들었으면 욕을 하고도 남았다. 하지만 지영은 아랑곳하지 않았다. 이미 지영도 그 정도는 충분히 벌고 있기 때문이었다. 이제는 대한민국에서 다섯 손가락 안에 드는 은정 백화점에서 받는 로열티만 해도 충분히 어마어마했다.

"촬영은 몇 시에 끝나?"

"음… 빨리 끝나면 오후? 신 자체야 몇 신 안 되지만 아무래도 백화점을 통째로 빌려서 하는 지라, 주변 통제하면서 세팅하고 그러다 보면 시간이 좀 오래 걸릴 것 같은데?"

"그래? 따로 약속은 없지?"

"응, 없어."

"그럼 내가 맛있는 저녁 해놓을게! 흐흐… 기대하시라!"

"알았어. 기대할게."

유선정이나 지영이 쓸 공간 말고, 은재만을 위한 주방이 따로 있었다. 휠체어를 타야 하니 다른 주방의 높이보다 훨씬 낮았고, 아래가 뚫려 있어 휠체어 바퀴도 충분히 들어갈 수 있었다. 지영의 대답에 씩 웃은 은재가 다시 품으로 파고들었다.

"졸리다."

"자자."

"응······."

작게 대답한 은재는 얼마 지나지 않아 곧 고로롱, 고로롱, 고른 숨소리를 내며 잠에 들었다. 그런 은재를 잠시 보던 지영도 잠시 뒤 잠에 빠져들었다.

＊　　　　＊　　　　＊

대성 프리미엄 백화점.

강남에 위치한 대성그룹의 백화점 중 가장 높은 매출을 자랑하는 백화점이었다. 지하 1층, 2층을 다섯 시간 동안 빌려 진행되는 오늘 촬영은 그렇게 사전에 조심했음에도 어디서 정보가 풀린 건지 이미 퍼져 수많은 지영의 팬들이 몰려들어 있었다.

"어후······."

바글바글 모인 지영의 팬을 보며 이민정 감독은 고개를 절레절레 저었다. 이건 통제고 자시고 뭘 어떻게 할 수 있는 레벨이 아니었다.

"죄송해요."

"죄송하기는? 얘가 실없는 소리하네. 저분들이 다 잠정 관객들인데. 후후."

마치 악당처럼 웃는 이민정 감독 때문에 주변 스태프들이 피식피식 실소를 흘렸다. 물론 그중에는 지영도 끼어 있었다. 지영은 웃음을 멈춘 뒤 주변을 둘러봤다. 여전히 소란스러웠다. 마치 도떼기시장처럼 시끄러웠다. 이미 메이크업과 의상이야 다 갖추고 있었지만, 워낙에 소란스러워 도무지 촬영을 진행할 여건이 되질 않았다.

또 나서야 하나? 하고 생각하고 있는데, 갑자기 우르르… 백화점 경호 팀 인원들이 내려와 통제를 시작했다.

또각, 또각또각.

그리고 운집한 팬들을 홍해 가르듯 가르면서 김은채가 등장했다.

"아따 시끄럽네."

"여기 있었냐?"

"아니. 그냥 어째 이럴 것 같아서 와본 거야. 백화점 하루 이용 못 하면 손해가 이만저만이 아닌 거 알지? 그러니까 빨리 끝내게 하려고."

"고맙다."

"후후, 고마우면 끝나고 술이나 사."

"미안한데 오늘은 일찍 들어가 봐야 돼."

"왜?"

"은재가 저녁 준비 해놓는다고 했거든."

"… 쳇, 오늘은 내가 빠져준다."

"오……."

토라진 척하는 김은채의 말에 지영은 탄성을 흘렸다. 김은채가? 평소의 김은채라면 그냥 비집고 들어오고도 남았을 거다. 그런데 어쩐 일로 빠져준다고 하니 탄성이 안 나올 리가 없었다.

"나도 눈치는 있다."

"그래? 처음 알았네."

"찾아간다?"

"미안, 고맙다. 신경 써줘서."

지영이 얼른 태도를 바꾸자, 김은채는 피식 웃고는 스태프가 가져다준 의자에 털썩 앉았다. 착 달라붙는, 그녀의 심볼과도 같은 스키니진에 굽이 높은 구두를 신고 다리를 척 꼬니, 여배우처럼 보이기도 했다. 게다가 자연스러웠다. 스태프들도, 이민정 감독도 이제는 김은채가 익숙해서 그녀가 뭘 하건 그리 신경 쓰지도 않았다. 어쨌든, 김은채가 손을 써준 덕분에 장내의 소란이 진정이 됐다.

그 이를 틈타 스태프들이 얼른 세팅을 했다.

"야, 강지영!"

마지막으로 대본을 숙지하고 있는데 뒤에서 김은채가 부르자 지영은 고개만 돌려 그녀를 바라봤다.

"은재. 바꿔달라는데?"

"은재가?"

갸웃.

무슨 일인가 싶어 지영은 바로 움직여 김은채의 폰을 받았다.

"여보세요?"

ㅡ지영이야?

"응, 나야. 무슨 일 있어?"

ㅡ아니… 그냥 가슴이 답답해서. 막 무섭고 그래서.

"……."

ㅡ아무 일 없지?

가끔 이럴 때가 있었다.

지영은 얼른 대답했다.

"응, 괜찮아. 끝나고 바로 갈게."

ㅡ응… 몸조심해?

"알았어."

뚝.

전화를 끊은 지영은 이미 주변이 고요해졌음을 느끼곤, 김은채에게 폰을 돌려줬다. 폰을 받은 김은채는 어쩐 일로 자리에서 일어났다.

"가게?"

"응. 용건 끝났으니까. 여기는 경호 팀에서 알아서 컨트롤해 줄 거야."

"그래, 고맙다. 조만간 한잔해."

"오, 어쩐 일로?"

"뭘 어쩐 일이야. 꼭 내가 술을 안 산 것도 아니고."

"넘어가, 넘어가. 간다."

또각, 또각또각.

왔을 때처럼, 김은채가 퇴장하자 지영은 바로 촬영 준비 자리로 갔다. 잠시 뒤 지영이 준비를 끝내자 이민정 감독이 메가폰을 들어 올렸다. 하지만 지영은 모르고 있었다. 지금 이 순간, 지영의 폰이 불이 나기 시작했음을. 그러한 사실을 아무것도 모른 채 신을 준비하는 지영은 어느새 윤이 되어 있었다.

"레디, 액션."

"솔아, 저쪽으로 가볼까?"

"네. 아저씨, 근데 여기 비싼 데 아니에요?"

"아니? 여기는 싸."

솔의 걱정에 윤은 고개를 저었다.

윤은 솔에게 좋은 옷을 사주고 싶었다. 언젠가 상담 때문에 부모님을 대신해 학교에 갔었는데, 그때 아이들이 솔을 놀리는 장면을 목격했다. 아이들은 부모가 없다고, 옷은 입은게 거지같다며 솔을 놀렸다. 네다섯 명의 여자아이들은 딱 봐도 좋고 예쁜 옷을 입고 있었다. 윤이 보기에도 나름 사는 집안의 아이들 같았다. 윤은 개입하지 않았다. 끼어봐야 해결이 되는 게 아님을 잘 알고 있었기 때문이었다. 그러나 당연히 걱정은 됐다. 하지만 솔은 담담했다. 책상에 앉아 교과서만 바라볼 뿐, 아이들의 말에 반응하지 않았다. 윤은 그 때 다짐했다. 솔이에게, 평범함을 선물하기로 말이다. 다행히 윤은 통장에 돈이 많았다. 의사가 되고 받은 모든 월급을 쓸 데가 없어 모두 모아뒀기 때문이었다. 한 달 월급으로도 윤은 충분히 솔이와 선아, 그리고 준우를 건사할 능력이 됐다.

"솔아 이건 어때?"

"와……."

솔의 눈이 반짝였다.

생전 처음 보는, 아름다운 꽃무늬였다.

"예쁘……."

솔이 예쁘다라고, 말하는 찰나였다.

"비켜!"

"비키라고!"

"빨리 나와!"

정적이 갑자기 깨지며 소란이 일어났다. 지영은 찡그린 눈으로 소리가 난 곳을 돌아봤다.

지잉…….

짜르르…….

그리고 등골을 타고 흐르는 소름끼치는 감각에, 입술을 꾹 깨물었다. 홱! 홱! 지영은 얼른 사방을 돌아봤다. 낯설지 않다. 이 더러운 감각…….

"이리 와."

"네……?"

"빨리! 이혜성! 빨리 나한테 와!"

"네에? 네에!"

이미 정지된 촬영. 소란은 점점 커져갔다.

지영은 달려온 이혜성과 안혜성을 자신 쪽으로 붙였다. 그때쯤, 인파를 헤집고 나타난 이들이 지영을 향해 곧바로 달려왔다.

"지영 씨! 피하셔야 합니다!"

"빨……."

씨발…….

지영이 달려오는 회사 요원들을 보며 이를 악물자, 전율이 온몸을 잠식하기 시작했다. 그로 인해 더러운 기분이 정점을 찍었을 때.

콰앙……!

콰웅! 콰과광!

우웅……!

우르릉……!

엄청난 굉음과 함께, 천지가 뒤흔들리기 시작했다.

Chapter97
낙엽 지는 쓸쓸한 계절에II

一긴급 속보입니다! 지금 강남에 위치한 대성 프리미엄 백
화점에서······.

　"······."

　은재는 멍하니, 화면을 바라봤다.

　앵커는 다급한 목소리로 대성 백화점에서 폭탄 테러가 일
어났다는 사실을 알리고 있고, 여자 아나운서는 입을 꾹 깨
문 채 고개를 숙이고 있다. 소파에 앉아 있던 은재는 천천히
손에 들린 휴대폰을 바라봤다. 그리곤 지영과 김은채가 보낸
메시지를 확인했다.

오늘 백화점에서 촬영이 있다고 했다.

장소는 대성 프리미엄 백화점이고, 김은채가 좀 전에 다녀왔다고, 메시지를 보낸 것도 있었다.

뭐지, 뭐가 어떻게 된 거지?

지금, 뭐가 대체 어떻게 돌아가고 있는 거지?

의식이 꼬로록, 물속으로 가라앉는 것 같았다.

"아가씨……."

평소 말이 없던 유선정이 어느새 옆으로 다가와 안쓰러운 목소리로 은재를 불렀고, 은재는 그 목소리에 반응했다. 불쑥! 끌려가던 의식이 수면 위로 강제로 잡혀 올라왔다.

"아……."

잠에서 깨어난 것처럼, 탄성을 흘린 은재는 멍하니 유선정을 올려다봤다. 그녀는 지금, 뭐가 뭔지 모르고 있었다. 다시 TV로 시선을 돌렸다.

—다시 한번 알려 드립니다. 금일 오후 한 시경, 서울시 강남구에 위치한 대성 프리미엄 백화점에서 테러 단체의 소행으로 보이는 폭발물 테러가 벌어졌습니다. 폭발물은 지상 일 층, 이 층에서 터진 것으로 보이며, 이 폭발로 인해 지상 일 층과 이 층이 무너졌으며……. 아, 정정 보도입니다. 폭발물은 일 층과 이 층, 그리고 삼 층에서 터진 것으로 확인되었습니다.

갸웃?

은재는 고개를 모로 틀었다.

폭탄 테러가 일어났다는 것은 알겠다.

그리고… 저기에 지영이 있다는 것도 알겠다.

'은채 언니는 나왔으니까… 우리 지영이만 저기 있는 거네?'

그런 거네?

하, 하하…….

아하하…….

아하하하…….

실없는 웃음이 나왔다.

그렇게 웃는 은재를 유선정은 안타까운 눈빛으로 가만히
바라보기만 했다. 현실 부정이었다. 이 기가 막히고, 코가 막
히는 현실을 이해하지도 못했고, 인정은 더더욱 못 하는 정신
상태에서 나오는 현실 부정이었다.

지잉!

지잉!

손에 든 휴대폰이 울었다.

송지원의 이름이 떠 있었다. 은재는 가만히 액정을 바라보
다가 다시 TV로 시선을 돌렸다.

─긴급 속보입니다! 현재 테러가 벌어진 대성 프리미엄 백화
점 지하 일 층 의류 매장에서 영화 '솔'의 촬영이 진행 중이었다
는 소식입니다. 현장에는 영화배우 강지영 씨를 비롯해…….

속보?

"아는데, 그거? 우리 지영이 거기 있는데⋯⋯."

내 남자 저기에 있는데⋯⋯?

그거 나도 안다구⋯⋯.

—다시 한번 알려 드립니다. 현재 대성 프리미엄 백화점 지하 일 층 의류 매장에서 영화 솔의 촬영이 진행 중이었고, 그곳에는 영화 배우 강지영 씨를 비롯한⋯⋯.

"안다구⋯⋯!"

쨍⋯⋯!

은재는 갑자기 악을 썼다.

유선정은 급히 은재 옆으로 와서 그녀를 안았다.

"안다구! 내 남자 거기 있는 거! 안다구! 그만하라구!"

급격한 감정 변화에 무슨 일을 저지를지 몰라서였다. 발버둥 치는 은재를 유선정은 꽉 끌어안아 움직이지 못하게 했다. 그러자 이리저리 힘을 쓰던 은재는 갑자기 힘을 풀고, 축 늘어졌다.

"이모⋯⋯."

"은재 아가씨. 괜찮아요. 지영 씨는 괜찮을 거예요."

"그럴⋯⋯."

와장창!

갑자기 창문이 깨져 나갔다.

그리고 고요하던 집 밖에 소란이 일어나기 시작했다.

"이 개새끼들! 막아!"

"당장 지원 요청 하고! 집 안으로 못 들어가게 해!"

은재를 지키던 경호원들의 목소리였다.

뒤이어 살벌한 소리들이 들려오기 시작했다. 마치 메아리처럼 들려오는 타앙! 소리도 들렸다. 은재는 저 소리가 무슨 소리인지 안다. 소음기를 단 권총의 총 소리가 딱 저렇다. 영화처럼 푸슝! 이런 소리가 아니라 타앙! 소리가 한 꺼풀 확 꺾여 나온다고 했다. 작품을 위해 조사해본 적이 있었고, 지영을 지켜주는 회사 아저씨들한테 물어도 봤었다. 그래서 알고 있었다. 저게 총소리라는 것을 은재는 알고 있었다.

타앙…….

째재쟁!

권총에서 발사된 총알이 거실 창문을 뚫었고, 창문이 깨져서 와르르 무너졌다.

"아가씨!"

유선정은 은재를 바로 안아 들었다. 그리곤 끙끙거리며 힘겹게 주방으로 얼른 피했다. 도망가는 게 맞다. 가능하면 2층으로, 더 좋은 건 아예 밖으로……. 하지만 유선정의 힘으로 은재를 안고는 2층을 올라가는 것조차 힘들었다.

주방으로 이동한 유선정은 은재를 꼭 안았다.

"아가씨… 괜찮을 거예요."

"……."

유선정의 다독임에도 은재는 답이 없었다.

다만, 오들오들 떨기만 했다. 거실의 통 유리가 깨져 그런지 밖에서 일어나는 소란스러움이 모조리 들려왔다.

"Allāhu Akbar!"

"막아! 이 미친 광신도 새끼들! 모조리 죽여 버려!"

"지원은! 빨리 오라고 해!"

"안으로 못 들어가게 막아!"

퍽! 휙! 휙! 서걱!

맞고, 갈라지는 소리가 적나라하게 은재와 유선정에게도 전달이 됐다. 은재는 그 소리를 들으면서도 그저 멍하니 TV쪽에 시선을 두고 있었다.

─현재 대성 백화점 인근 교통은 통제된 상황이며! 정부는 대테러 비상경계령을 발표한 상태입니다! 서울 시내 모든 소방서에서 구조를 위해 이곳으로 출동했다는 소식도 들어왔습니다! 다시 한번 알려 드립니다! 현재 대성 백화점 인근 교통은…….

안 궁금해.

그런 건 안 궁금하다구…….

교통이 어쩌니, 비상경계령이니 뭐니, 그런 건 안 궁금해.

"지영아⋯⋯."

"아가씨⋯ 아가씨⋯⋯!"

"지영아⋯⋯."

정신 상태가 극히 불안한 상태로 몰려가자 유선정이 급히 은재를 흔들었지만 은재의 눈빛에서 빛은 점점 빠져나가고 있었다. 마치 이곳에서 벗어나, 지영이 있는 곳으로 가려는 것처럼, 빛이 빠져나가고 있었다.

"Allāhu Akbar!"

"크악!"

"정철아! 이 개새끼들이!"

타앙⋯⋯. 타앙⋯⋯.

쉭! 서걱! 서걱!

그런 와중에도 밖은 격렬했다.

총 소리, 칼 휘두르는 소리, 그 칼이 누군가의 몸을 가르는 소리까지, 신은 위대하다고 울부짖는 소리까지, 다양한 폭력 소리가 끊이지 않고 울려 퍼졌다. 그러다 어느 순간, 우뚝 멎었다. 숨소리조차 들리지 않는 정적이 찾아오자 유선정은 은재를 더욱 꼭 안았다. 이제는 유선정의 떨림과, 은재의 떨림이 같이 어우러지기 시작했다.

챙! 채재쟁!

유리가 깨지는 소리.

쨍! 쩌저적!

유리가 밟히는 소리.

"흐으, 흐으……."

끔찍한 숨소리.

"알라후 아크바르……."

"알라후 아크바르……."

알라는 위대하다 중얼거리는 소리.

끔찍함의 온상이 가득한 소리.

여전히 멍하니 TV를 보던 은재의 시선에, 시꺼먼 인형이 불쑥 들어왔다. 두 사람이었다. 한 명은 총을 들고 있었고, 한 명은 피가 뚝뚝 떨어지는, 날이 안쪽으로 휜 반월도를 들고 있었다.

"……."

"흐으, 흐으."

"아아……."

"흐으, 흐흐흐!"

묘한 하모니를 이르는 침묵과 숨소리가 지영과 은재의 새로운 보금자리를 맴돌기 시작했다. 잠시 눈을 마주친 아랍인 둘은, 이내 두 사람에게 천천히 다가오기 시작했다. 눈빛에 일렁이는 짙은 성욕, 그리고 광기. 유선정은 눈을 질끈 감았다. 하지만 은재는 감지 않았다. 지영을 괴롭힌 사람들, 이제는 나까지 괴롭히는, 비뚤어진 신앙을 품은 자들.

쨍강!

피범벅에, 반월도를 든 아랍인이 손을 천천히 뻗었다.

피가 뚝뚝 떨어지는 손인 탓에 비릿한 피 냄새가 훅 달려들었다. 구역질이 날 것 같았다. 생고기에서 나는 피 냄새와는 근본적으로 다른… 그런 냄새에 욕지기가 올라올 것 같았다. 라고 생각이 드려는 찰나.

드르륵!

"Allô?"

휙!

타앙! 탕!

환풍기 쪽 창문이 열리는 소리에 아랍인들의 고개가 불쑥 올라갔고, 곧 이어 총성이 터졌다. 탄은 그대로 아랍인들의 이마를 뚫어버렸고, 옅은 피 보라가 확 솟구쳤다. 그리고… 썩은 고목처럼 총을 든, 칼을 든 아랍인들이 뒤로 풀썩 넘어갔다.

쿵! 쿠웅!

"……."

은재는 쓰러지며 바닥을 울리는 진동을 느낀 뒤에, 멍한 표정으로 천천히 고개를 돌려 위를 바라봤다. 그리고 볼 수 있었다.

"후."

찬란한 금발에, 선글라스를 낀 여성이 마치 서부영화에 나오는 카우보이처럼 총구에서 나오는 연기를 후… 부는 모습을.

*　　　*　　　*

쾅!

급하게 얻은 대성 백화점 근처 임시 사무실에 있던 정순철은 올라오는 짜증, 분노 때문에 주먹으로 테이블을 거칠게 내려쳤다.

"다시 말해봐."

"유은재 작가도 습격을 받았습니다."

"……."

으적…….

아득해지는 정신에 볼 살을 씹은 정순철 팀장은 두 눈을 엄지와 검지로 문질렀다. 두 눈가에 올라오는 살기를 주체할 수가 없어서였다.

치익.

"후우…….."

담배와 피가 섞여 기괴한 맛으로 탄생해 입안을 맴돌았다.

"상황은?"

"총기와 반월도로 무장한 테러 조직원이 서른다섯, 당시 유은재 작가를 지키던 사설 경호 병력이 열, 요원이 셋이었습니다. 그리고 전원 사망입니다."

"야 이 개새끼야! 너 보고 그따위로 하라고 누가 가르쳤어!"

"죄, 죄송합니다!"

"후……."

올라오는 짜증과 분노를 정말 참기가 힘들었다.

아비규환이었다.

백화점뿐만이 아니었다.

강상만은 물론, 임미정이 있는 햇빛재단까지 테러가 있었다. 다행히 두 군데 쓸 C4가 부족했는지 폭발물은 백화점에서만 터졌다. 강상만은 검찰청에 상주하는 경호 병력과 회사 직원이 지켜냈고, 임미정의 재단을 습격한 테러 단체는 성수정 혼자서 거의 궤멸시키며 지켜냈다. 그런데… 유은재 작가도 습격을 당했단다. 권총과 반월도를 든 무장 단체의 습격이었다. 수를 보면 강상만과 임미정에게 향한 테러범보다, 유은재 작가에게 향한 테러범의 수가 훨씬 많았다.

정순철은 그 이유를 바로 알 수 있었다.

강지영의 연인.

그래서 지영과, 유은재 작가만큼은 반드시 죽이려고 했던 것이다.

지영이 죽지 않아도, 유은재 작가가 죽으면 지영은 그만큼 괴로워할 테니 말이다. 정순철 팀장은 후우, 담배 연기를 내뿜으며 힘없이 물었다.

"유은재 작가는?"

"살아 있습니다!"

"뭐? 살아 있다고?"

번쩍!

정순철은 고개가 부러지는 게 아닐까 싶을 정도로 격하게 들으며 되물었다.

"네, 네! 지금 대성 병원으로 이송하는 중이라고 합니다!"

"왜? 어떻게? 다 죽… 잠깐? 전원 사망? 미친 광신도 새끼들도 다 뒤졌다고?"

"네, 현장으로 출동한 요원의 말에 따르면… 전원 사망이랍니다!"

"그럴 리가……. 잠깐."

설마 마지막에 남은 놈과, 아군이 서로 동시에 총이나 칼을 심장에 박아 넣지 않고서야… 전원 사망은 말이 안 된다. 반대로 한 놈이라도 살아남아 도망쳤다면, 유은재 작가는 죽었어야 된다.

그런데 유은재 작가는 살아 있고, 전원 사망이라?

"누가 있었어."

두 단체 말고, 다른 이가 개입한 것이다.

"근처 목격자 말로는 블랙 코트를 걸친 금발 여성을 보았다고 합니다. 아, 선글라스도 착용한 상태라 용모파기는 아직 입니다!"

"금발… 좋아. 됐어."

정순철 팀장은 알 것 같았다.

누가 유은재 작가를 구했는지 말이다.

이걸로 일단, 한시름 덜었다.

드륵!

의자를 밀며 자리에서 일어난 정순철 팀장은 창문으로 다가갔다. 블라인드를 올리자 아비규환의 백화점 사거리가 보였다.

으드득…….

입술을 꽉 깨문 정순철 팀장은 조용히 중얼거렸다.

"지영 씨 제발… 살아만 있으세요."

제발, 반드시…….

"팀장님! 원장님이십니다!"

휙!

몸을 돌린 정순철 팀장은 부하가 내미는 수화기를 조용히 받아 들었다.

충격, 경악, 혼란.

현재, 대한민국을 설명할 수 있는 아주 적절한 단어였다. 대한민국. 영토나 인구대비 경제나 스포츠, 문화 예술 부분에서도 세계 순위권에 들 만큼 강한 저력을 가진 나라라는 사실 말고, 세계인들이 부러워하는 부분이 있다면 바로 세계에서 거의 세 손가락 안에 들 정도로 치안이 좋다는 사실이었다.

테러 안전국.

총기 사용이 엄하게 금제되어 있기 때문에 미국이나 중국, 유럽의 어느 나라와 비교해도 치안으로는 가히 넘버원을 차지하는 대한민국이었다. 그런데, 그런 한국의 수도 서울 한복판에서 테러가 벌어졌다.

그것도 폭탄 테러가… 벌어졌다.

C4로 추정되는 폭발물이 1, 2, 3층에서 연달아 터졌고, 지면을 무너뜨렸다. 내진 설계는 물론 뼈대를 워낙에 단단하게 시공해 놓았기 때문에 백화점 자체가 무너질 일은 없었다. 하지만 1, 2, 3층의 바닥이 무너지면서 지하 1, 2층까지 연쇄적으로 무너졌고, 이 과정에서 같이 테러에 휘말린 국민들은 현재 추정 자체가 불가능했다.

게다가 하필이면… 전 세계가 주목하는 영화 '솔'이 지하 1층의 이월 상품 매장에서 촬영되고 있었고, 그 촬영 때문에 지영의 팬이 어마어마하게 몰려들었었다. 그래서 지하 1층에 있을 사람들이 못해도 팔백 명 가까이가 있을 거라는 조심스러운 추측도 나왔다. 물론, 지하 2층, 더불어 지상 세 개의 층에도 무시 못 할 수의 고객들이 쇼핑을 하고 있었다. 난리가 났다.

아비규환이 따로 없었다.

아주 다행히 각 층마다 배치된 대성그룹 경호회사 직원이 발 빠르게 고객들을 진정시켜 추가 피해가 거의 나오지 않았다는 점이었다.

서울 시내, 수도권 전역의 소방서가 최소 인원만 남겨두고 대성 프리미엄 백화점으로 출동을 했지만 어디서부터 어떻게 손을 써야 할지, 매우 난감한 상태였다. 일단은 사다리차를 사방으로 대고 4층부터 차례대로 고객들을 구조하기 시작했지만 워낙에 많은 사람들이 몰려 있어 구조 작업 자체는 지지부진하기만 했다.

시민 영웅들도 차례대로 등장, 동참했다.

사다리차를 보유한 이삿짐센터가 나선 것이다. 덕분에 구조가 조금씩 탄력을 받기 시작했고, 자정이 넘어가기 전에 겨우겨우 백화점 4층 이상의 시민들을 전부 구조해 낼 수 있었다. 하지만 문제는 지금부터였다.

지하……

지하가 문제였다.

얼마나 많은 사람이 지면 붕괴에 휘말렸는지 아직 파악조차 불가능했다. 생존자는? 사망자는? 긴급재난지휘센터에서 내놓은 답은 최소 천 이상이라는 말밖에 없었다. 그리고 그 안에, 강지영이 있었다.

알 만한 사람들은 다 알고 있었다.

심지어, 유명한 동영상 채널에서 테러 단체의 범행 성명이 이미 발표됐고, '성전'이라는 개지랄 같은 이유를 대면서 지영을 처단했다는 개소리를 지껄였다. 그렇다면… 그곳에 있던 시민들은 전부 지영 때문에 휘말린 것이다.

분위기가 그래서 요상해졌다.

애도해야 할 일이다.

추모해야 할 일이다.

무사 구조를 바라야 할 일이다. 하지만 지영의 팬들은, 지영을 위해 그렇게 애도하지도, 추모하지도, 무사 구조를 바라지도 못했다. 그 때문에 수많은 사람이 지하에 깔렸기 때문이었다. 일각에선 성숙한 팬 문화네 뭐네 말하지만 그냥 이는 기본적인 도리였다. 그저 다 같이, 다 같이 무사하기만을 빌었다.

테러가 벌어지고, 하루가 지났다.

해가 지고, 달이 뜨고, 달이지고, 다시 해가 떴을 때, 참상은 전 세계로 퍼져 나갔다. 거의 모든 외신이 대성 프리미엄 백화점의 테러 소식을 방송에 태웠다. SNS를 통해 추모 물결이 이어졌고, 무사 구조를 기원하는 글들이 이어졌다.

그 와중에 첫 번째… 사망자가 나왔다.

돌 더미에 깔려, 사지 육신이 비틀린 채로, 그렇게 발견됐다. 그리고 그 시신 때문에, 전 국민이 울음을 터뜨렸다.

이제 고작… 열 살쯤 됐을까 하는 여아였다. 엄마랑 손잡고 왔을 게 분명한 그 아이는, 찬란한 생을 채, 피우지도 못하고… 그렇게 스러졌다. 첫 번째 시신이 나오고, 두 번째 시신도 발견됐다. 아이의 바로 아래에서 나온 시신은 30대 중후반의 여인이었다. 아이의 엄마로 추정됐다.

시신은… 계속해서 발견됐다.

구조본부는 발견되는 시신은 1, 2, 3층에 있던 시민일 확률이 높다고 말했다.

하루.

하루 동안 발견된 시신은 무려, 팔십여 구. 생존자는 전무했다.

구조 작업 3일째, 생존자는 전무했다.

4일, 5일, 여전히… 전무했다.

독일, 프랑스, 미국, 일본 등에서 전문 구조 요원들이 계속해서 들어왔고, 정부는 이를 거절하지 않았다. 한 사람의 손이라도, 한 사람의 머리라도 더 필요한 상황이었기 때문이었다. 구조작업 일주일, 드디어 생존자가 구출됐다.

절망과 통곡으로 가득하던 대한민국에, 한 줄기 희망이 빛이 쏟아지는 순간이었다.

*　　　　*　　　　*

─긴급 속보입니다! 대성 프리미엄 백화점 테러 사건 구조 현장에서 드디어 첫 번째 생존자가 구출됐습니다! 다시 한번 알려 드립니다! 대성 프리미엄…….

"……."

은재는 침대에 착 가라앉은 눈빛으로 TV를 바라보고 있었다. 그녀의 눈빛은, 첫날 테러를 당한 사람의 눈빛치고는 지나치게 침착한 눈빛이라 의아할 정도였다. 아니, 그 정도가 아니었다.

은재의 눈은 차가웠다.

마치 철천지 원수를 바라보는 것처럼 싸늘한 눈으로 TV를 보고 있었다. 그 눈빛이 얼마나 서늘한지, 옆에 있는 김은채나 임수민, 송지원도 은재에게 쉽게 말을 걸 수 없을 정도였다. 지난 일주일, 은재는 지옥에서 사는 것 같았다. 그 처절하고 고통스러운 곳에서 먹고, 자고, 숨 쉬고 있는 것 같았다.

절망.

일주일간 은재를 칭칭 옭아매고 있던 사슬에 묻어 있던 건 다른 것도 아니고, 절망이었다. 그것도 끝없는 절망이었다. 은재는 물 한 모금 마시지 않았다. 음식물? 당연히 하나도 섭취하지 않았다.

이곳이 병원이 아니었다면, 은재는 아마. 아니, 100% 영양실조로 쓰러졌을 것이다. 처음엔 김은채가 윽박을 질러가며 먹이려고 했지만, 그렇게 먹이는 순간 은재는 다 토해냈다. 일부러 토하는 게 아니었다.

정신이 거부하니 육체가 반응해 모조리 도로 올려 버린 것이다. 그래서 한시도 눈을 뗄 수 없는 상태가 됐다.

처음 며칠은 멍하더니, 이제는 눈빛에 차가운 독기를 품고 있었다. 착하고 착한 아이가, 증오, 분노를 품은 것이다.

이런 상황이라 김은채가 임수민과 송지원까지 불러서 달래봤지만 역시나 소용이 없었다. 아예 말에 반응을 하질 않았다. 그런 그녀는 종일 TV만 봤다. 그녀가 지영의 소식을 기다리고 있다는 건 명확해 보였지만, 이는 김은채도 어떻게 손을 쓸 수가 없었다. 층의 지면이 폭발로 연쇄적으로 무너졌다.

중장비를 동원할 수도 없는 상황이라 가장 위에 있는 돌부터 차근차근 치워내며 구조를 진행 중이었고, 그래서 작업은 더디기만 했다. 외부에서 들어갈 수 있는 공간이 있지만 하필이면 그 주변이 보수 공사 중이라 당장 사용할 수 있는 상태가 아니었다. 그래서 오직, 돌을 치워가며 구조를 하고 있는 상태였다.

그러니 당연히 지지분한 속도이고… 그럴수록 속은 타들어 가는 상황이었다.

즉, 그냥 최악이란 소리였다.

—다음 소식입니다. 대성 백화점 테러 사건으로 인해 정부 는…….

띠링.

아나운서의 목소리가 누군가의 리모컨 조작으로 채 끝맺지 못하고 어둡게 사라지자, 은재의 시선이 천천히 돌아갔다. 리 모컨은 임수민의 손에 있었다. 그녀는 휙 테이블에 리모컨을 던지곤 김은채와 송지원을 향해 말했다.

"잠시 나가 있어 줄래요?"

"언니, 어쩌려고?"

"진지하게 얘기 좀 해야 할 것 같아서."

"은재 지금 아무런 말도…….""

"날 믿어."

"…알았어."

송지원이 자리에서 일어나자 김은채도 따라 일어났다. 어차 피 자신의 말은 듣지도 않는 상황이다. 하지만 김은채는 임수 민이라면? 하는 기대감이 생겼다. 송지원도 여배우지만, 임수 민은 정말 범상치 않은 내력을 품고 있었기 때문에 뭔가 해줄 것 같았기 때문이었다. 두 사람이 나가자 임수민은 의자를 가져다가 은재의 앞에 놓고 앉았다.

"은재야."

"……"

임수민이 은재를 불렀지만 역시나 그녀는 침묵으로 답을 했다. 하지만 그래도 시선은 임수민에게 맞추고 있었다.

그런 은재에게 임수민은 씩 웃으며 다시 말했다.

"너 설마, 지영이가 죽었을 거라 생각하는 건 아니지?"

"……"

"얘, 지영이 아이에스에 잡혔을 때도 탈출한 애야. 그것도 누구의 도움 없이 자력으로. 그런 애가 설마 저 정도 테러로 죽어? 지나가던 개도 콧방귀 뀔 소리다."

"……"

임수민에 말에 은재는 드디어 반응을 보였다. 침묵은 여전했지만 아랫입술을 꾹 깨문 것이다.

"걔는 안 죽어. 지옥에서도 살아 돌아오는 애가 그런 곳에서 죽을 리가 없지. 나도, 지원이도, 김은채도, 지영이 부모님도, 지영이 주변 지인도 다들 지영이가 안 죽었을 거라고 생각하는데 왜 너는 지영이가 죽었을 거라 생각해?"

"……"

임수민의 방법은 일종의 충격요법이다.

그것도 강도가 꽤나 센 충격요법이라, 은재의 눈꼬리와 입술이 파르르 떨렸다. 물론, 어깨도 떨렸다.

"너 혹시 지영이가 죽길 바라는 거야?"

"아니에요!"

쩌렁!

임수민이 그 자극적인 말을 꺼내기 무섭게, 은재의 강렬한 반응이 나왔다. 은재의 눈빛이 활활 타오르는 것처럼 변했다. 완연한 감정의 변화, 임수민은 겉으로는 조소를 속으로는 회심의 미소를 지었다.

한 번이 어렵지, 한번 반응을 끄집어내면 두 번은 쉬운 법이었다.

"근데 왜 지영이가 죽은 것처럼 굴어. 어?"

"아니에요……."

"아니긴 뭐가 아냐? 너 지금 하는 행동이 그렇잖아? 누가 봐도 결혼할 남자가 죽은 비극을 맛보는 여인인데."

"아니야……."

뚝, 뚝뚝.

억눌러져 있던 감정이 터져 그런지, 은재의 눈에서는 눈물이 가득 차올라 이불 위로 떨어졌다. 촉촉하게 젖어가는 이불을 잠시 바라보던 임수민은 살포시 한숨을 내쉬었다.

"후… 그래. 지영이 안 죽었어. 걔는 죽고 싶어도 못 죽어.

왠 줄 알아?"

"……."

미약하지만 고개를 흔드는 은재에게, 임수민은 쐐기를 박아
넣었다.

"너를 너무 사랑해서야."

"……."

엄청나게 오글거리는 말이지만, 때론 이런 말이 감정을 뒤
흔들기에는 아주 제격일 때가 있고, 지금이 딱 그럴 때다.

"지영이 책임감 알지?"

"……."

이번에는 끄덕끄덕.

"그렇게 책임감 넘치는 아이가 무책임하게 가족을 남기고,
친구를 남기고, 그리고 너를 남기고 먼저 갈 것 같아? 대답해
봐. 지영이가 그럴 것 같아?"

"……."

이번엔 다시 고개를 도리도리.

"잘 아네. 그러니 지영이는 돌아올 거야. 꼭, 무사한 모습으
로."

"……."

눈물을 뚝뚝 흘리던 은재가 고개를 들어 임수민을 바라봤
다. 눈빛에는 희망과 슬픔이 적절한 비율로 믹스가 되어 담겨

있었다. 됐다. 감정이 어느 정도 회복이 됐으니, 이제는 차차 나아질 것이다.

'후⋯⋯.'

그래서 속으로 안도의 한숨을 흘렸다. 그녀는 은재가 다시 고개를 숙이자, 쓴 웃음을 지었다.

'이 인간은 도대체가⋯ 바람 잘 날이 없어!'

정말, 스팩타클한 인생이다.

사건 사고를 아주 골고루 몰고 다니는 인생이라, 소름이 끼칠 정도였다. 자신도 저런 때가 있긴 했었다. 아주 무난한 인생이 있는가 하면, 아주 환장할 정도로 사고가 몰아치는 인생이 있었다. 그러니 고개가 절레절레 흔들어져도, 이해는 할 수 있었다.

'그런데 이 인간은 왜 연락이 없어?'

최소한 폰으로 연락은 할 수 있어야 정상이다.

촬영 중이라 본인이 폰을 가지고 있지 않았어도 그 주변에 사람들이 많았으니 폰으로 어떻게든 연락은 할 수 있을 것이다. 그런데 일주일이 다 되도록 연락 한 번이 없었다. 은재에게는 큰 소리를 쳤지만, 솔직히 임수민도 슬금슬금 올라오는 불안감을 맛보는 중이었다.

'하⋯⋯.'

하지만 임수민은 은재가 다시 자신을 바라보자 싱긋 웃었다. 아무리 불안해도, 절대로 이 아이 앞에서는 그런 모습을 보이면 안 된다는 걸 알자 나온, 반사적인 미소였다. 그리고 다행히, 은재는 그것까진 파악하지 못했다.

백화점 테러 일주일, 생을 다한 나뭇잎이, 쓸쓸히 떨어지고 있었다.

8일.

테러가 벌어지고 8일이 지났다.

대성 백화점은 아직도 구조가 한창이었다.

정순철 팀장은 창밖으로 보이는 구조 현장을 보며 한숨을 내쉬었다. 낙엽이 지기 시작했다. 고작 8일이 지났을 뿐인데, 벌써 서울 도심에 자라는 나무에서 낙엽이 쓸쓸히 지기 시작했다. 그 낙엽이 풍기는 감정처럼, 서울은 고요했다. 아니, 대한민국이 고요했다. 시도 때도 없이 싸움질을 하는 커뮤니티도 오직 백화점 구조작업에 초점을 맞추고, 추모를 이어갔다. SNS도 마찬가지였다.

미쳐 날뛰던 인간들이 갑자기 철이라도 들었는지 제정신을 차린 이들로 수두룩했다. 그러나 그럴 수밖에 없었다. 헛소리 한번 잘못 내뱉는 순간 신상 털리는 것 정도로 안 끝났다. 일례로 테러 둘째 날, SNS에 잘 죽었다며 희생자들을 비웃는 글을 올린 사람이 있었다. 당연히 그 글에는 엄청난 비난 댓글이 달렸다. 그는 나중에 급히 계정을 비공개로 돌렸지만 이미 해커들이 나서 신상을 모조리 털어 인터넷에 올려 버렸다. 그러자 네티즌들을 그 사람이 쓴 글을, 그가 다니는 회사에 보내 버렸다.

결과는?

비참하다 못해, 참혹했다.

일상, 회사에서 받는 스트레스를 인터넷에서 풀려던 그는 그 한 번으로 회사에서 잘려 더 이상 스트레스를 받지 못하게 됐다. 물론 법에 어긋나지만 그 회사 사장은 차라리 벌금을 물고 말겠다는 인터뷰를 해버렸다.

그만큼 사회분위기는 차분하게, 그리고 고요하게 가라앉았다.

근 십여 년 만에 일어난 초대형 사고는 대한민국 자체를 침울하게 만들었다.

"팀장님."

"말해."

"꼬리를 잡았답니다."

휙!

목이 부러지는 건 아닐까 싶을 정도로 강하게 고개를 돌리자, 보고를 올린 요원은 흠칫 놀라며 뒤로 물러났다. 그다음으로 정순철 팀장의 화르르 불타는 눈빛을 보곤 침을 꿀꺽 삼

컸다. 평소에는 정말 온화한 정순철 팀장이다. 하지만 가끔 소풍을 나갈 때면, 사람이 그렇게 무서울 수가 없었다.

하지만 소풍을 끝내고 돌아오면 다시금 사람 좋은 눈빛으로 돌아온다. 그런데 지금, 완전히 한창 소풍을 즐기고 있는 모습을 하고 있었다.

"어디야."

"하미드 카솔라입니다."

"그 새끼……."

하미드 카솔라는 올해 시크릿 레이디, 마타하리가 두 번째로 건네준 정보를 토대로 떠난 두 번째 소풍 때 유일하게 해결하지 못한 IS의 간부 이름이었다. 세 군데 지역에서 동시 작전을 감행했는데 놈만 유일하게 낌새가 이상함을 알아차리고 이미 몸을 뺀 뒤였다. 성전을 치르는 전사가 그런 식으로 몸을 뺀다는 것 자체가 신을 거부한다는 뜻으로 받아들여지니 사실 말이 안 되는 일이지만, 실제로 놈은 도망간 뒤였다.

그런데 그놈이, 이번 테러의 주범이란다.

으득!

정순철은 속이 쓰리다 못해, 아렸다.

뒤이어 속에서 천불이 올라오는 느낌이었다.

"확실한 거야?"

"그게, 아마도 확실할 겁니다."

"아마도……?"

정보국에서 이딴 개소리를 들을 줄은 예상도 못 했는지 정순철의 이마에 힘줄이 툭 튀어나왔다. 그걸 봤는지 요원은 다급히 설명을 이었다.

"저희 쪽 정보망에 누군가가 일부러 던져놓은 정보인데, 현지 요원 확인 결과 사실일 확률이 구십 프로가 넘습니다!"

"……"

누군가가, 일부러 던져놓았다.

정순철은 그 누군가가 누구인지 대충은 예상이 갔다. 이번 일로 정순철 팀장만큼이나 화가 난 단체가 있다. 정보력에서만큼은 회사에도 뒤지지 않을 거라 자부하는 단체가 있다. 그 단체는 지영의 바로 곁에 선을 남겨 놓고 관계를 유지했었다. 근데 그들도 이번 테러를 사전에 감지하지 못했다. 단체가 국내, 국외로 쪼개지긴 했지만 그래도 서로 협력은 하는 사이어서 옛날에 비교해도 해외 정보력이 그리 뒤처지지 않는다.

"그리고 아마도 한국으로 잠입한 게 아닌가 싶습니다."

"한국으로……?"

"네, 홍콩에서 종적이 끊겼지만, 현재 분석실 판단으로는 한국에 있을 걸로 추정됩니다."

"……"

정순철 팀장은 엄지와 검지로 눈꺼풀을 매만졌다. 지끈지

끈 올라오는 통증과, 자꾸 눈빛으로 스며들려는 독기를 막기 위해서였다.

"찾아내."

"네?"

"원장님이 전권 위임했으니까, 국내 모든 정보망을 총동원해서라도… 무조건 찾아내."

"네!"

요원이 나가자 정순철 팀장은 한참을 그렇게 있다가, 갑자기 이를 뿌득 갈았다. 생각해 보면, 단 한 번도 없었다. 지영이 스스로 위기를 탈출했지, 정순철이 나서서 지영에게 다가오는 위협을 막은 적이 정말 한 번도 없었다.

그 지옥 같던 곳에서도 스스로 탈출한 것도 스스로의 힘이었다. 그 이후 회사 업무 중에 가장 중요한 해외, 대북 파트에서 있는 요원들을 뺐다지만 그래도 국내의 난다 긴다 하는 요원들이 반은 지영의 주변에 배치되어 있었다. 지영은 모르지만 지영 본인에게 붙은 요원만 최소 열다섯이었다. 그런데도 결국엔 테러에 당했다.

그래, 인정한다.

회사도 신이 아니라 모든 걸 알 수는 없었다.

하지만 지영을 보호하기 위해 배정된 예산만 몇십 억이다. 개인에게 너무 많은 돈이 지원되는 게 아니냐고?

그렇게 생각할 수도 있었다.

하지만 강지영이 가진 힘은, 그 몇 십억을 충분히 충당하고도 남았다. 솔직히 말하면 지영의 영화로 벌어들이는 외화가 이미 그 배당금을 훨씬 넘어섰다. 물론, 한 해에 말이다. 개인이 그만큼 벌었다고 그 개인의 안전을 위해 그 정도 돈을 투자해 보호한다? 이런 논리는 당연히 말도 되지 않지만, 강지영이 가진 의미 그 자체를 생각해 보면 또 충분히 그럴 수도 있었다.

희망의 아이콘.

국내외에서 지영을 논할 때 반드시 들어가는 문장이다. 지옥에서 살아 돌아와, 그들에게 굴복하지 않고, 맞서는 그의 용기와 다시금 연기를 품고 꿈을 향해 달려가는 모습은 힘들고 지친 이들에게 희망을 주기에 충분했다.

그래서였다.

지영이 희망의 아이콘이라 불리는 이유는.

물론 이는 강지영이란 인간을 있는 그대로만 보는 이들의 생각이기도 했다. 정순철은 안다.

강지영이란 인간의 본질을.

'수틀리면 본인의 의지로 악마가 될 수 있는 사람이지.'

지영이 화가 나면 가끔가다 눈빛이 돌변할 때가 있었다. 정순철도 몇 번 봤었다. 서늘하고, 무감정한 그 눈빛, 사람을 확실하게 죽여본 눈빛이었다.

'그리고 죄책감 또한 느끼지 않아.'

정순철이 보기에 지영은 악마가 아니다.

하지만, 필요하다면 살인도 서슴지 않는 인간이다.

그걸로 자신의 주변을 지킬 수 있다면, 당연히 그 방법을 택할 인간이 강지영이란 인간이었다.

그러니 국가는 그런 지영을 지키기 위해 회사까지 투입한 것이다. 그것도 지영과 지영 주변을 지키기 위한 전담 팀까지 만들어서 말이다. 그래야, 강지영이란 인간이 배우라는 직업으로 계속 살아갈 테니 말이다.

치익.

"후우……."

정순철 팀장은 담배에 불을 붙이곤 자리에서 일어났다.

열어놓은 창문으로 빠져나간 연기가 대성 백화점 쪽으로 흘러가다 바람에 된서리를 맞고 흩어졌다.

"지영 씨, 악마는 내가 될 테니까… 살아만 돌아옵시다."

으득…….

이를 간 정순철 팀장은 구조 현장을 노려봤다.

그의 눈엔, 지영의 무사함을 기원하는 간절함과, 지영에게 테러를 가한 주동자에 대한 복수심이 동시에 머물러 있었다.

                    *   *   *

  구조가 한창인 대성 백화점 주변으로 새하얀 국화가 놓이
기 시작했다. 근방 거리, 도로는 이미 통제되었고, 그 통제되
어 텅 빈 곳으로 시민들이 하나둘씩 종이컵과 촛불을 들고
몰려들었다.

  쓸쓸한 거리.

  위이잉!

  돌을 들어 올리기 위한 중장비의 엔진 소리와, 구조를 지휘
하는 지휘관들이 악을 쓰는 소리만 간헐적으로 들려오고, 대
체로 고요했다.

  쓸쓸한 낙엽이 살랑살랑 떨어지며 그러한 분위기를 더욱
더 고조시켰다. 보통 시위, 집회에 있을 법한 것들은 모조리
배제됐다. 그저 통제 라인 주변으로 열을 맞춰 앉아서 눈을
꼭 감고, 생존자들이 무사히 구조되기만을 기도했다. 이러한
모습은 언론에 곧바로 알려졌고, 외신에도 속보로 보도되었
다. 시간이 지날수록 무사 구조를 기원하는 기도에 참여하는
시민들이 늘어났다.

  처음에는 오십 명 정도 수준이었는데, 반나절이 지나기도
전에 오백 명, 해가 떨어질 때쯤은 거의 천 명으로 늘어났다.
모두가 한마음, 한뜻이었다. 다른 건 바라지도 않았다. 그저

무사히 살아 돌아오기를, 외롭고 쓸쓸하겠지만, 그래도 버텨주기를, 희망의 끈을 놓지 않아주기를, 그런 마음으로 기도했다.

그런 마음으로 국화는 쌓여갔다.

엄마 손을 잡고 온 어린아이, 교복을 입은 학생들, 슬픔에 공감하는 대학생, 이미 한차례 아픔을 겪었던 30대 사회인에, 40대의 가장, 노년의 가장, 인생의 후반을 보내는 노인들에, 아픔을 공감하는 외국인까지 모두가 한마음 한뜻으로 모여 헌화를 했다.

시신과, 생존자가 계속해서 발견되었다.

국민들의 간절한 마음에도 애석하고, 안타깝지만 아직은 시신이 생존자보다 훨씬 많았다. 사망자가 하루 이십, 삼십 구씩 발견된다면, 생존자는 두세 명 정도밖에 안 되는 수준이었다. 하지만 그럴 때마다 전국이 들썩였다. 전 국민이 환호했기 때문이었다.

9일째, 먹구름이 하늘을 가득 채우더니, 비가 내렸다.

쏴아…….

드디어 지하 1층을 누른 돌무더기를 치울 때쯤이었다. 지영의 팬으로 추정되는 이들이 집단으로 깔려 죽은 곳을 발견했을 때, 마치 하늘이 보다 못해 고개를 돌려 눈물을 흘리는 것처럼, 굵은 장대비가 쏟아져 내렸다.

통곡이었다.

시신이 발견된 곳은, 마치 무덤 같았다.

한두 사람이 아닌 수백 명이 집단으로 내리 깔려서, 그 참혹함은 이루 말할 수 없을 정도였다. 심약한 사람은 모자이크 처리가 되었는데도 그 영상, 사진을 보고 졸도했을 정도였다. 그나마 다행인 건 시신의 부패도가 그리 심하지 않았다는 점이었다. 폭탄이 터지고, 각층의 지면이 무너지면서 백화점 건물 자체의 온도 조절 시스템을 건드렸는지 거의 영하까지 떨어진 온도 때문에 다행히 시신들은 크게 부패하지 않았다.

지하 1층의 수색 작업은 매우 빠르게 진행되었다. 돌을 다 치웠기 때문에 그런 것도 있지만, 각국의 전문가들이 모두 모여들이 머리를 맞대고 최선의 플랜으로 구조 작업을 진행했기 때문이었다.

지하 1층의 수색이 전부 끝난 건 11일이 지났을 때였다.

영화 '솔'의 현장 스태프들과, 안타깝게도… 이민정 감독의 시신도 발견이 됐다. 이민정 감독은 아주 특이하게도, 두 손을 곱게 배 위에 올리고 바른 자세로 누워, 마치 잠을 자는 것처럼 발견이 되었다.

전문가들은 시신을 보는 순간 알았다.

누군가 이민정 감독이 죽은 후에, 그녀의 시신을 곱게 수습했음을. 심지어 얼굴의 흙도 전부 닦아냈고, 그 위로 흙이 못 떨어지게 종이 박스로 덮어놓기까지 했다. 그렇게 마치 잠을 자는 것처럼 발견된 이민정 감독이 시신에, 사람들은 예측했다.

생존자가 더 있을 거라고.

지하 2층, 지하 3층, 그 밑에 직원 주차창과, 냉동 창고가 있는 층에 더 많은 생존자가 있을 거라고.

식수, 식량에는 문제가 없다는 판단이 나왔다. 지하 물류 창고에 충분할 정도의 식수와 식품이 있었고, 냉방 시스템이 고장 나면서 온도가 뚝 떨어졌지만 의류품도 가득해 충분히 버틸 수 있을 거란 계산 때문이었다. 문제는 생존자들이 정신적으로 얼마나 버텨주는가에 달려 있었다. 하지만 그래도 구조를 진행하는 이들도, 무사 생존을 기원하는 국민들도 희망의 끈은 놓지 않았다.

14일.

그렇게 2주가 지났다.

어느새 절망과, 통곡이 가득했던 2주가 흘렀다. 수많은 사람들이 울었다. 수백, 수천 명이 가슴이 아파 울었다. 아들을, 딸을, 엄마를, 아빠를 잃은 이들은 차디찬 시신을 끌어안고 울부짖었다.

통곡이었다.

그러나 아직 잔해에 깔린 이들이 못해도 몇 백은 되었고, 그 몇 백에 자식이, 부모가 들어가는 이들은 가슴을 졸이고 희망과, 절망의 간극에서 시계추처럼 흔들리고 있었다.

절망이었다.

하지만 정말 극소수의 이들이 팔이 부러지고, 다리가 으스러졌어도 살아서 가족의 품으로 돌아갔다. 울며 웃었다. 울며 환희 웃었다.

희망이었다.

대한민국에 전례가 없던 테러는 그렇게 수많은 이들을 힘들게 했다. 정부는, 테러와의 엄중한 전쟁을 선포했다. 이제 국제사회에서 콧방귀 좀 뀌는 나라라, 이슬람 테러 단체와의 전쟁을 선포했고, 이는 국민들의 열렬한 지지를 받았다.

화난 것이다.

사람을 납치한 것만으로도 모자라, 아주 모질게 고문을 해 평생 지워지지 않는 흉터를 온몸에 낙인처럼 새겨 버렸고, 그 사람이 자력으로 도망쳐 한국으로 돌아오자 다시금 목숨을 빼앗기 위한 극악한 테러를 몇 번이나 저질렀다.

그리고 결국엔, 그 한 사람을 죽이기 위해, 일반인을 몇 백 명이나 희생되게 만들었다. 이러한 사실에 전 국민이 분노했다. 국제사회가 분노했다. 백화점이라는 장소의 특성상 엄청난 인구가 몰려 있었고, 하필이면 가장 사람이 많은 층을 노렸으며, 강지영이란 타깃을 보러 온 팬들이 어마어마하게 몰려 있는 곳까지 노리고 테러를 저질렀다. 이는 절대로, 용서받지 못할 짓이었다.

　그럼에도 그들은.

　성전(聖戰)을 선포했다.

　그래서 대한민국도.

　전쟁(戰爭)을 선포했다.

　분단국가이기 때문에 세계에서도 순위권에 드는 군사력을 지닌 대한민국이, 제대로 화가 났다. 이제는 관계가 그럭저럭 좋은 북한까지 한국의 결정을 지지한다는 말까지 나왔고, 동맹국인 미국도, 심지어 UN도 한국의 결정을 지지했다. 물론 군사작전은 아직이지만, 곧 대대적인 움직임이 있을 것이라 전문가들은 예상했다. 긴장감이 고조됐다. 그래서 하루하루 긴급 속보가 흘러나왔다.

　슬픔과 분노.

　테러 후 2주가 흘렀을 때 대한민국을 가득 메운 감정들이었다.

　　　　*　　　　　　*　　　　　　*

　정순철 팀장은 자신의 앞에 서 있는 훤칠한 요원을 싸늘한 눈빛으로 바라봤다. 긴 생머리를 질끈 묶은, 화장기 없는 얼굴의 요원은 성수정이었다.

　"안 돼."

"보내주십시오."

정순철 팀장의 말이 떨어지기 무섭게 다시 성수정의 무감정한 목소리가 흘러나왔다. '후우…' 정순철 팀장은 한숨을 내쉬었다. 성수정이 원하는 건, 파견이었다. 물론 일반적인 파견은 아니었다.

작전 지역으로의 파견. 즉, 지금 요원들이 피터지게 싸우고 있는 지역으로 보내달란 소리였다. 하지만 정순철 팀장은 저 요청을 받아들일 수 없었다. 회사와 연관이 있는 비밀스러운 단체에서 특채로 뽑힌 성수정이다. 정순철 팀장도 처음에는 반신반의했고, 그 실력에 의문을 품었지만 실제로 차원이 다른 근접 전투술과 사격, 판단과 독기를 보곤 최정예 요원이 될 거라 믿어 의심치 않았다.

그래서 가장 취약한 임미정의 옆에 붙여놓았는데, 이번 테러가 벌어지고 나서 벌써 몇 번이나 시리아로 보내달란 요청을 해왔다. 하지만 정순철 팀장은 허락할 수 없었다. 국내에 들어온 난민들, 그 중에는 분명 IS의 명령을 받는 이들이 존재할 것이다. 그리고 그들은 항상, 호시탐탐 강상만과 임미정. 그리고 강지연과 은재를 노릴 것이다. 지금도 전국 각지에서 심상치 않은 정보들이 속속 들어오고 있었다.

그런데 이 와중에 임미정 경호 팀의 핵심인 성수정을 뺀다? 말도 안 될 일이었다. 하지만 성수정은 고집을 꺾을 생각이 조금도 없는, 단호한 얼굴이었다.

"야, 너 빠지면 그쪽 핵심이 빠지는 거야. 그렇다고 지금 거기에 충원할 여력도 없어! 그런 상황에 다시 한번 테러가 벌어지면? 그 책임을 어떻게 질 거야!"

"보내주십시오."

"야!"

고장 난 라디오처럼 같은 말만 반복하자 짜증이 올라온 그는 소리를 확 내질렀다. 하지만 성수정은 여전히 같은 표정이었다. 떡 벌어진 어깨, 길쭉한 하체, 굳은살이 가득한 손까지, 솔직히 근접전으로 붙으면 정순철 팀장도 자신하기 힘들었다. 그런 실력과, 성격에서 나오는 분위기는 정순철 팀장의 성격에 조금도 꿀리지 않았다.

"넌 니 선배들 그렇게 못 믿어? 너 아니어도 정보는 계속 들어와!"

"대신 하루에 몇 명씩, 별이 되겠지요."

"너는! 너는 다를 것 같아!"

"네, 저는 다릅니다. 죽지 않을 자신 있습니다. 그리고……."

"그리고 뭐!"

"본거지를 찾을 자신도 있습니다."

"니가 뭔데 자신을 해!"

위성으로 감시하는데도 아직 이번 테러를 일으킨 주동자의 기지는 찾지도 못했다. 그리고 국내에 들어왔을 것이라 추정되는 하미드 카솔라도 아직 찾지 못했다. 국내의 모든 비선을 총동원했는데도, 아직 놈의 행적은 요원했다. 그런 와중에 성수정을 현장으로 파견? 진짜 절대로 용납할 수 없었다.

하지만 유일하게 정순철 팀장의 명령을 거부할 '권한'이 있는 성수정이다.

"저는 찾을 수 있습니다."

"그러니까 뭔 근거로 그런 자신을 하냐고!"

"말씀드릴 수 없습니다."

"……."

하.

말해줄 수 없다?

어이가 없는 정순철 팀장이지만 성수정은 어떻게 할 수 있는 요원이 아니라 그저 한숨만 흘릴 뿐이었다.

치익.

"후우… 앉아봐."

"네."

또각또각.

굽 낮은 구두 소리가 몇 번 들렸고, 성수정이 건너편 소파에 앉았다.

"상식적으로 생각하자. 니가 빠지면 경호에 큰 차질이 생겨.

그 틈을 노려서 또 테러가 있을 거면 어쩔 건데."

"요원을 보충하면 됩니다."

"현장 요원은 지금 다 정신없다. 보충도 힘들어! 그리고 솔직히 너만큼 감 좋고 실력 좋은 애가 또 있냐? 미안한데, 너는 진짜 안 돼."

"그래도 가고 싶습니다."

"왜? 대체 거길 왜 그렇게 가고 싶은 거냐? 이유나 알자."

"강지영을 좀 압니다. 그는 절대로 저 테러로 죽을 위인이 아닙니다."

"그건 나도 알아. 저렇게 허무하게 죽었을 거면 납치당했을 때 살아 돌아오지도 못했겠지. 악운에 강한 사람이니, 저기서 안 죽을 거라는 건 나도 알아. 하지만 그게 니가 시리아 현장으로 가고 싶은 이유는 못 되는 것 같은데?"

"그가 나왔을 때, 그의 복수를 돕고 싶습니다."

"그러니까 왜, 그 복수를 왜 니가 돕는데. 우리도 있는데! 왜 개인이 나서서 그걸 해결하려고 하는 건데!"

"그것도 말씀드릴 수 없습니다."

"…하아."

한숨을 내쉰 정순철 팀장은 성수정을 빤히 바라봤다. 딱 봐도 지영을 연모하거나, 흠모하는 건 아닌 것 같았다. 그럼 그의 열렬한 팬이라서? 정순철은 그런 생각이 드는 즉시 고개를 저었다. 그가 아는 성수정은 굉장히 냉정한 인간이다. 연예인에, 가수에 꺅꺅거릴 성격은 애초에 못 되고, 임무만 신경 쓰는 타입의 인간이었다. 그런 그녀는 동료들 사이에서 너무 기계적인 게 아닌가 하는 말까지 나올 정도였다.

그런데 오늘, 아주 명확한 감정을 내보이고 있었다. 그것도 지극히 개인적인 이유까지 들면서 말이다. 그녀가 입사하고 이제 4년이다. 그녀를 봐왔던 그 4년간, 처음 맞는 경우이기에 정순철 팀장은 당황스럽기까지 했다.

정순철 팀장은 불쑥, 안 좋은 예감이 들었다.

"너, 내가 허락안 하면 어쩔 생각이냐?"

"사원증 반납할 생각입니다."

"……."

혹시나 해서 물었는데, 역시나였다.

이렇게까지 마음을 먹은 이유가 무엇일까 궁금하던 것들은 대답을 들음과 동시에 싹 날아갔다.

"미치겠네, 진짜……."

이유조차 설명해 주지 않으니 정말 미칠 지경이었다. 답답한 마음에 그는 다시 입에 담배를 물었다.

치익.

"후우……."

하얀 연기가 모락모락 피어올랐다. 담배 냄새에 눈살을 찌

푸릴 만도 한데 성수정은 담담했다.

"야……"

지잉, 지잉.

다시 뭐라고 말을 하려는데 테이블의 폰이 거칠게 울었다. 번호를 확인한 그는 바로 통화 버튼을 눌렀다.

"나야, 말해."

―팀장님. 찾았습니다.

흥분한 것 같지만, 절제되어 있는 목소리가 건너왔다. 그리고 그 절제된 말에 정순철 팀장은 벌떡 자리에서 일어났다.

"누구! 카솔라?"

―네!

"어디! 어디야, 거기!"

―이천 근방 폐업한 가구 공단입니다. 주소 찍어 보내겠습니다.

"그래! 야, 야! 절대, 절대 먼저 움직이지 마! 지금 원장님한테 직보하고 바로 갈 거니까! 딱 감시만 해. 알았어? 도중에 빠져나가도 애들만 붙여둬!"

―네!

전화를 끊은 정순철 팀장은 담배를 급히 비벼 껐다. 그리곤 바로 상의를 챙겼다. 그런 그를 성주정이 막아섰다.

"같이 가겠습니다."

"…준비해."

"네."

웬만한 현장 요원은 그냥 박살 내는 성수정이다. 그러니 그녀가 가면 어떤 상황에서도 충분히 도움이 될 것이다. 정순철 팀장은 냉정했다. 파견은 파견이고, 지금 하미드 카솔라를 잡는 건 또 다른 문제였다.

상의를 입고 밖으로 내달리는 그는 곧 전화를 꺼내 버튼 몇 개를 눌렀다. 그러자 연결음이 몇 번 가기도 전에 상대가 전화를 받았다.

─말해.

"하미드 카솔라 찾았습니다. 대테러 팀 부탁드립니다!"

─주소 보내. 바로 출동시킨다.

"네!"

으드득……!

전화를 끊은 그는 이를 갈았다.

개새끼들…….

승강기를 타고 지하 주차장으로 내려가, 차에 올라탄 정순철 팀장은 다짐했다. 한 놈도, 절대로 한 놈도 놓치지 않겠다고.

끼기기긱!

부앙!

급발진 하듯 출발한 차량이 경광등을 달고, 이천으로 미친 듯이 달려가기 시작했다. 그리고 그 위를 이제는 한 꺼풀 꺾인 빗줄기가 그래, 이번엔 꼭 잘하라는 듯이 두들겼다.

*　　　*　　　*

　─긴급 속보입니다! 국정원 대테러 팀이 오늘 낮 세시경 이천의 한 가구 공단에서 이번 대성 프리미엄 백화점 테러에 관련된 IS 조직원들을 일망타진했다는 소식을 이정민 안보실장이 청와대 긴급 브리핑을 통해 알렸습니다. 다시 한번 알려 드립니다. 오늘 낮 세시 경…….

　"……."

　이제는 전보다 훨씬 힘을 찾은 은재지만, 여전히 TV에서 시선을 떼지는 않고 있었다. 그래도 임수민의 자극요법 이후 식사도 다시 시작했고, 말도 시작해 주변 사람들이 안도의 한숨을 내쉬게 했다.

　"은재야."

　"응?"

　김은채의 부름에 은재는 화면에서 시선을 돌리지도 않은 채 대답했다.

　"뭐 사다 줄까?"

　"아니, 괜찮아."

김은채답지 않은 따스한 말이었지만, 은재는 고개를 저으며 거절했다. 좋아지긴 했지만, 이제는 힘을 내려 노력 중이기는 하지만 그래도 완전히 정상으로 돌아온 건 아니었다. 그녀는 현재 딱 주변에서 걱정하지 않을 정도만 식사를 챙기고 있었다. 하지만 솔직히 그녀는 속으로 이렇게 챙겨 먹는 것도 지영에게 미안해하고 있었다. 그나마 먹는 것도, 지영이 돌아왔을 때 건강하게, 웃는 얼굴로 맞아주기 위해서였다. 하지만 그런 모습 자체가 주변 지인들이 안도와 함께 조마조마함도 같이 선사했다. 그러나 억지로 먹일 수도 없었다. 먹는 족족 토하는 모습을 이미 수없이 지켜봤기 때문이었다.

　즉, 지켜보는 것 밖에는 할 수 있는 게 없었다. 은재는 TV를 보다 말고 양팔로 몸을 감쌌다.

　"추울까? 아니면 더울까……."

　"……."

　"나는 이렇게 따스하고, 시원한데……. 미안해, 미안해 지영아……."

　그 슬픈 혼잣말에 김은채는 아랫입술을 꾹 깨물었다.

　"미안해, 내가 힘이 없어서… 해줄 수 있는 게 없어."

　"……."

　그건 나도 마찬가지야…….

　은재는 지영에게, 김은채는 은재에게, 서로 해줄 게 없었다.

그저 옆에서 지켜보는 것 밖에는, 그저 TV만 보며 그가 돌아오기만을 기다리는 것밖에는, 정말 그것밖에는 할 수 있는 게 없었다.

김은채는 처음이었다.

스스로가 이렇게 무기력한 경우는 정말 처음이었다. 새엄마라는 마녀가 자신과 은재를 노릴 때도 김은채는 아주 다양한 방법을 동원해 자신과 은재를 지켰다. 그렇게 몇 년을, 강지영이 돌아올 때까지, 끝까지 지켰다.

그런데 지금은?

없었다.

아무것…….

"어?"

"아…….

무심코 바라본 TV 화면, 앵커의 긴급 속보에 두 사람은 바보 같은 신음을 흘리고 말았다.

─긴급 속보입니다! 구조대가 드디어…….

화면에서는 기다리고, 또 기다리던 소식이 흘러나오고 있었다.

Chapter98
Fall down

"우와……!"

대한민국이, 쩌렁쩌렁 울렸다.

마치 2002년 월드컵 때 4강에 진출하던 순간처럼, 전국에서 엄청난 환호성이 터져 나왔다. 아니, 그 이상이었다. 도저히 말로는 설명하지 못할 엄청난 환희와, 감동이 가득한 함성이었다. 이유는 딱 하나, 구조대가 드디어 지하 1, 2층의 잔해를 걷어내고 지하 3층으로 내려가는 계단까지의 구출로를 확보했고, 그곳을 통해 백여 명의 생존자를 구출해 냈기 때문이었다. 2주가 훨씬 넘게 걸렸지만, 사람들은 무사했다. 부상자도 있었고, 아예 지하에 있어 다치지 않은 사람들도 있었다. 구조는 신속했다. 밖으로 나온 생존자들은 바로 도심 전역에서 온 구급차를 타고 병원으로 후송됐다.

그리고 그중에는 당연히 지영도 있었다.

당연히 대성 병원으로 이송된 지영에게는 엄청난 취재진이 따라붙었다. 하지만 2차 테러를 염려한 회사에 의해 지영의 인터뷰를 딴 기자는 한 명도 없었다. 병원에 도착한 지영은 바로 정밀 검진을 받았다.

지영은 안 다치는 축에 속하지 않았다.

다친 곳은 한 곳이지만, 하필이면 어깨뼈 골절이었고, 아주 제대로 조각이 나서 수술이 불가피했다. 지영은 바로 수술대에 올랐다. 그렇게 수술이 끝나고… 개인실로 옮겨진 지영은 그 누구와의 면회도 거부했다.

심지어, 연인 유은재와의 면회도 거절했다.

그러한 소식이 주치의를 통해 알려지자 여론이 들끓기 시작했다. 유가족들은 병원 앞에 모여들어 울부짖었다.

당신 때문이라고.

당신 때문에 내 딸이, 내 아들이.

당신 때문에 내 아버지가, 내 어머니가.

당신 때문에 내 남편이, 내 아내가.

죽었다고.

그러니 무슨 말 좀 해보라고.,

왜 내 가족이 당신 때문에 죽어야 했냐고.

나와서 변명이라도 해 보라고.

악을 썼다.

이번 테러에서 지영은 자유로울 수 없었다. 애초에 테러는 지영을 겨냥한 테러였고, 그로 인해 죄 없는 일반인들이 휘말렸다. 지영과, 광신도들의 악연에, 그렇게 휘말린 것이다. 그러니 지영은 책임에서 자유로울 수 없었다.

하지만 지영은 모든 인터뷰를, 면회를 거부하는 상태였다. 구조되고 난 후 지영은 단 한 마디도 꺼내지 않았다. 모든 의사소통은 고개를 끄덕이는 것과, 좌우로 흔드는 것으로 대신했다. 의식이 없는 것도 아니었고, 정신적으로 문제가 실어증에 걸린 것도 아니었다. 그냥, 말을 하기 싫은 상태였다.

정신과에서도 그런 진단이 나왔다.

방송도 슬슬 지영에 대한 이야기로 메워지기 시작했다. 지금 지영의 행동이 과연 옳은 것인가부터 해서, 이번 테러가 강지영이란 배우 때문인가, 왜 그는 입장을 표명하지 않는 것인가, 사과할 마음이 없는 것인가 등등, 별의별 말들이 다 나왔다.

이는 막을 수 없었다.

여론이 끓고, 커뮤니티에서도 이로 인한 논란이 계속됐으며, SNS는 물론, 옹호와 비난의 기사가 마구 쏟아지기 시작했다. 하지만 그럼에도 수술이 끝나고 일주일이 지났는데도, 지영은 여전히 입을 열지 않았다.

이를 두고, 별의 몰락이라 부르는 사람들이 늘어나기 시작했다.

*   *   *

온 세상이 자신에게 수군거리고 있지만, 미쳤다고도 하고 있지만, 지영은 미치지 않았다. 하지만 미치기 일보 직전이긴 했다. 지영은 침대에 누워서 천장을 바라보고 있었다. 그러면서, 감정을 다스리고 있었다. 아무도 없을 때의 지영의 눈빛은 무시무시했다. 악귀, 야차 등, 온갖 사이한 존재를 빗대어 설명해도 될 정도로 살벌하게 빛나고 있었다.

─후후, 확실히 끝내지 않으니, 이런 일이 벌어지는 것이다. 전생의 그대는 그 누구보다 확실했거늘, 이번 생의 그대는 무르구나. 물러. 하하하.

감정이 흐트러지니 서랍이 마구 열리기 시작했고, 그중에서도 가장 지영을 자극하는 인격은 당연히 폭군의 인격이었다.

그는, 매일 속삭였다.

이런 찬란한 삶이 말고, 우리들의 삶으로 돌아가자고.

피와 비명, 그리고 광기가 가득했던 그 시절로.

그는 매번 속삭였다.

그렇게, 설마 복수를 포기할 거냐고. 그건 우리답지 않다고. 이번엔 넘어갔지만, 다음엔 정말 소중한 사람이 죽을 수도 있다고. 그렇게 속삭였다.

마치 악마처럼.

하지만 지영은 중심을 잡고 있었다.

소중한 사람?

'이미 잃었어.'

이민정 감독은 붕괴의 틈에서 빠져나오지 못했다. 안혜성과 이혜성 또한 마찬가지였다. 순간적으로 상황을 이해하고, 미리 파악해 뒀던 비상구로 본능적으로 달리던 와중에 이혜성이 넘어졌다. 그리고 반사적으로 안혜성이 지영의 손을 뿌리치고 이혜성을 향해서 달려갔다. 하필이면 그 타이밍에 천장이 무너졌다. 단단한 콘크리트가, 무시무시한 중량을 품고 둘을 짓눌렀다. 잠시 뒤, 피가 흘러나왔다. 숨소리, 목소리, 그 어떤 것도 그 '무덤'에서는 흘러나오지 않았다. 두 제자는, 그렇게 갔다.

채, 피지도 못한 채.

이제야 막, 개화하고 있었는데, 봉우리를 완연하게 피우지도 못하고, 그렇게 갔다. 그 모습을 끝까지 눈에 담다가, 와르르 무너지는 잔해가 그대로 지영의 어깨를 때렸다. 하지만 지영은 살아났다.

하지만 살아도, 살아 있는 게 아니었다.

죄책감?

느끼고 있었다.

그 어느 때보다, 통렬하게, 처절하게, 그렇게 느끼고 있었다. 말을 아끼는 이유? 실수할 것 같았기 때문이다. 무슨 실수냐 하면…….

'놈들이 경계심을 가지면 안 되니까…….'

지영이 다친 모습을 보고 즐거워해야 하니까. 낄낄거리면서, 알라후! 아크바르를 쳐 외치고 있어야 하니까, 인샬라! 이 지랄하고 있었어야 하니까.

그냥 넘어간다고?

자신을 향한 테러 때문에, 이렇게 많은 사람이 죽었는데? 이전이었다면 카메라에 대고 으르렁거렸을 것이다. 하지만 지금은 아니었다. 감정은 싸늘하게 식었다. 시베리아 바이칼 호수에 푹 담갔다가 뺀 것처럼, 아주 냉정하게 가라앉아 있는 상태였다. 그래서 지영은 말을 하지 않았다.

어깨가 나을 때까지, 때가 될 때까지, 참고, 또 참는 중이었다.

인생은 소중하다.

삶은 더없이 찬란하다.

누구나 소중한 일상을 영위하길 바라기 때문에 배우고, 일한다. 지금까지 지영도 그 소중함을, 찬란함을 지키기 위해 노력했었다. 하지만… 이제는 못 지킬지도 모르겠다는 생각을 해버렸다.

'아니, 이제는 못 지키지.'

자신 때문에 제자가 죽었고, 이민정 감독도 죽었고, 자신을 보고 싶어 백화점을 찾았던 팬들과 가족, 연인의 손을 잡고 왔던 시민들이 휘말렸다. 아직도 구조 작업이 진행되고 있는 상태고, 사망자는 현재 칠백이 넘게 집계되는 중이었다. 지상 1, 2, 3, 지하 1, 2층이 무너진 것치고는 과하게 많은 숫자 같지만, 백화점이 워낙에 넓었고, 마침 지영의 팬들이 와 있던 터라 사망자가 어마어마하게 속출했다.

그 모든 사람들이…….

'내가 해결하지 못한 악연 때문에…….'

죽은 것이다.

그러니 지영은 해결할 생각이었다.

"속죄라고 해도 좋고, 복수라고 해도 좋아……."

평생이 걸리더라도, 자신의 과거가 낱낱이 까발려진다고 해도, 가족, 지인을 전부 잃는다고 해도, 지영은 반드시, 끝장을 볼 생각이었다. 하필이면 어깨골절로 수술을 받기까지 했지만 주치의 말로는 뼈만 잘 아물면 다치기 전과 크게 다를 게 없을 거라고 했다. 천운이었다. 콘크리트 잔해가 조금만 더 옆으로 왔으면 아마 머리를 때렸을 것이고, 그럼 지영도 생사를 장담하기 힘들었을 테니 말이다.

스윽.

지영은 침대에서 일어났다.

불로 지지는 것 같은 통증이 엄습했다. 깁스를 하긴 했지만 어깨라 완벽하게 고정을 할 수가 없었다. 그래서 움직일 때마다, 이렇게 통증이 엄습했고, 그 통증은 지영의 각오, 분노를 끝없이 활활 타오르게 만드는 원동력이 됐다.

창가로 가 블라인드를 걷어 올리자, 당연히 유가족들이 가장 먼저 보였다.

"……"

지영은 매일 저들을 봤다.

저들의 눈물, 통곡, 원한 등을 눈으로 확인했다.

저들은 틀리지 않았다. 아들딸, 엄마와 아빠, 남편과 아내는 지영 때문에 죽은 게 맞았다. 아직은 더 누려야 할 삶을, 지영 때문에 빼앗긴 게 맞았다. 그것은 참이고, 변하지 않을 진실이었다.

한참을 슬픔에 몸부림치는 유가족을 지켜보던 지영은 똑똑, 누군가가 병실 문을 노크하자 그제야 시선을 뗐다. 문은 들어오란 말도 없었는데 지이잉! 소리를 내며 열렸다. 또각, 또각, 안으로 들어온 사람은 김지혜 매니저였다.

언론에는 지영이 그 누구도 만나지 않는다고 알려져 있지만 그건 99.99%만 맞는 말이었다. 지영은 딱 한 사람은 만났다. 바로 김지혜 매니저였다. 그녀가 들어오자 지영은 응접실로 들어갔다.

소파에 지영이 앉자 김지혜 매니저는 지영의 어깨를 힐끔보고 난 뒤 바로 말문을 열었다.

"안혜성 양, 이혜성 양 장례식이 끝났습니다."

"……."

으득!

그 말을 듣는 순간 지영은 순간적으로 올라오는 분노를 막을 수가 없었다. 제자로 들인 아이들이다. 아직 반년도 안 됐지만 두 아이다 지영을 너무나 따랐고, 지영도 진심으로 가르쳤던 아이들이었다. 그런 아이들이 자신 때문에 죽었다는 사실을 다시 한번 상기하자 도저히 참을 수가 없었다.

욱신!

어깨에서, 그리고 심장에서 연달아 통증이 일어나 전신을 내달렸다.

"흑, 흑, 후우……."

격해지는 호흡을 지영은 급히 갈무리했다. 여기서 못 참으면, 상처 부위가 덧날 것이고, 그렇게 되면 떠나는 게 더 늦어지게 된다. 지영은 그것만은 피해야 했다. 호흡을 진정시킨 지영은 착 잠긴 목소리로 물었다.

"애들 마지막은 누가 지켰어요?"

"사무실 직원들이 챙겼습니다."

"……."

불행 중, 정말 불행 중 다행인 게 하나 있다면 그나마 한정연과 이성은 화를 면했다는 점이었다. 지영의 신이 시작될 때쯤, 두 사람은 백화점 밖으로 잠시 나갔었다. 못 챙겨온 의상이 있어 사무실에 연락해 다시 보내달라고 부탁했고, 마침 신 시작 전에 딱 도착해 그걸 가지러 백화점 정문 쪽으로 올라갔던 것이다. 그래서 화를 면했다. 두 사람에게 정말 천운이 따른 것이다.

그리고 그게 지영에겐 정말 불행 중 다행이었다.

"애들 가족은요?"

"많이… 힘들어해요."

"안혜성의 가족은……."

"정연 씨가 맡겠다고 했어요."

"……."

지영은 눈을 질끈 감았다.

그리곤 남은 한 손으로 얼굴을 문질렀다.

지영은 사이코패스가 아니었다. 단지 냉정할 뿐이었다.

어린 동생들을 돌보는 안혜성이다.

게다가 이제 겨우… 다섯, 일곱 살인 동생들이다. 그 둘에게 안혜성은 언니, 누나 그 이상이었다. 엄마, 엄마 같은 존재가 아닌 엄마 그 자체였다. 그런데, 그런데……

지영은 감정을 추슬렀다.

아니, 추스르려 했다.

하지만 다시 날뛰기 시작한 감정은 여전히 통제를 벗어나 있었다.

―똑같이 해주는 거야. 그들의 부모와 자식의 목을 가르고, 겁탈하고, 아주 똑같이……

그 와중에 폭군은 다시 지영을 자극했다.

하지만 지영은 철저히 그 말을 무시했다.

복수?

할 거다.

하지만 폭군에 씌어 복수를 대신하고 싶은 마음은 추호도 없었다. 한참이 지나 지영은 감정을 수습했고, 다시 힘겹게 물었다.

"이민정 감독님은요……"

"어제 끝났습니다."

"……"

그녀에게도 너무 미안했다.

그녀는… 어? 하는 사이 잔해가 우르르 쏟아져 머리를 때렸다. 그리고 중량에 목이 뚝, 꺾였다. 그게 그녀의 사인이었다. 그나마 다행인 건 빗겨 떨어진 잔해들 덕에 시신은 온전했다는 정도였다. 조각난 어깨를 부여잡은 채, 이를 악물고 나간 지영은 간신히 그녀를 발견했다. 그리고 그녀에게 해줄 수 있었던 건 얼굴을 닦아주고, 자세를 반듯하게 해주는 것뿐이었다.

지영은 눈을 질끈 감았다.

세상을 비춰주고 있는 빛이… 거북하게 느껴지기 시작한 탓이었다. 지영은 그렇게, 한참을 눈을 감고 있었다.

'샘! 샘은 연기 왜 시작했어요?'

'새앰! 배고파요오!'

'샘! 샘이 주신 기회 꼭 붙잡을게요!'

'새앰! 평생 이 은혜 잊지 않을게요오!'

샘……!

새앰……!

샘…….

새앰…….

아릿하게 들려오는 목소리에 지영은 천천히 눈을 떴다. 주륵, 주르륵. 눈을 뜬 지영은 감은 눈에서 흐른 눈물이 볼을 타고 흐르는 걸 느끼며 천천히 상체를 세웠다. 지끈거리는 통증이 슬픔에 빠져 있던 지영의 멱살을 잡아 단숨에 현실로 끄집어냈다. 몸을 세운 지영은 소매로 볼을 닦았다.

슬픔.

미안함.

매일 밤 잠들 때마다 꿈속에 찾아오는 두 제자들에게 지영이 느끼는 감정이었다. 지영이 밉지 않은 걸까? 지영의 제자로 들어가지 않았더라면, 그랬더라면 안혜성도, 이혜성도 가족들과 이별할 일은 없었다. 비록 힘들겠지만, 그래도 꿋꿋하게 살았을 것이다. 워낙에 천재들이니, 지영이 아니더라도 누군가가 그 재능을 발견해 꽃 피워주지 않았을까?

"그랬겠지. 내가 아니었더라도, 누군가는……."

찾아주었겠지.

이끌어주었겠지.

그래주었겠지.

피식.

그 생각에 슬픔이 가득 묻은 실소가 저도 모르게 흘러나왔다.

지영도 인간이었다.

꿈속에 찾아온 두 제자들은 단정하게 교복을 입고, 너무나 예쁜 모습으로, 지영을 향해 웃어주었다. 여느 때와 다를 것 없이 말을 걸어주었다. 밥을 먹자고 하고, 힘들다고 투정을 부리고, 이것저것 연기에 대한 것을 물어보고, 가끔 은재와의 러브 스토리도 궁금해 했고, 사춘기 소녀의 초롱초롱한 눈망울로 그 얘기를 들었고, 그랬다. 너무나 아픈 시간을 보낸 둘인데도, 힘겨운 시간을 이겨낸 둘인데도, 티 없이 맑은 모습이었다.

그게 지영을 아프게 했다.

그게 지영의 심장을 후벼 팠다.

그게 지영의 정신을 갉아먹고 있었다.

"차라리… 원망을 했으면 좋겠다만……."

이 순진하고, 착한 제자들은 꿈속에서조차 그러질 않았다. 그게 정말, 지영을 미치게 했다. 죄책감, 죄악감의 호수에 머리부터 거꾸로 담가서 휘젓는 것 같았다. 숨이 턱턱 막히고, 심장을 누가 쇠사슬로 꽉 조여놓은 것 같은 통증이 느껴졌다.

스윽.

자리에서 일어난 지영은 창가로 가서 블라인드를 올렸다.

여전했다.

아직도 많은 사람들이, 지영이 무슨 말이라도 해주기를 원하고 있었다. 그래서 새벽에도 그들은 자리를 뜨지 않았다.

너무나 미안한 사람들이다.

지영도 너무나 미안했다.

자신 때문에, 자신을 노리는 개자식들 때문에, 이 슬픔과 고통을 겪고 있는 사람들이다. 그러니 당연히 나서는 게 맞았다. 하지만 지영은 나서지 않았다. 그럴 수 없었다. 지영이 나서서 건재함을 알리는 순간, 광신도들은 또 다시 지영을 노려올 것이다. 그래서 지영은 숨죽이고 있을 수밖에 없었다.

실의에 빠진 것처럼, 아니면 목숨이 간당간당한 것처럼 꾸밀 수밖에 없었다. 그래야 놈들은 방심한다. 그래야 놈들이 지영에게 당분간이라도 관심을 뗀다. 현재 대성병원에 깔린 경찰, 군인, 회사원들은 엄청나게 많지만 작정하면 병원도 테러할 수 있기 때문에, 놈들이 안심하게 만들 수밖에 없었다.

"최소한 어깨가 다 나을 때까지만……."

지영은 응접실로 들어갔다.

치익.

"후우……."

매캐한 연기가 올라갔다. 어깨를 수술한 지영에게는 절대로 이롭지 않은 담배지만, 도저히 참을 수가 없었다. 수술 부위가 늦게 회복되는 거야 어쩔 수 없었다. 현재 이번 생에서 최악인 감정 상태를 다스리려면, 술은 안 되도 담배까지는 피워야 했다. 그래야 조금이라도 가라앉으니까…….

지잉.

김지혜에게 부탁한 폰으로 메시지가 들어왔다.

이 번호를 아는 사람은 김지혜, 그리고 따로 고용한 선수 둘밖에 없었다. 그러니 적어도 메시지를 보낸 사람은 세 명 중 한 사람이었다. 폰을 들어 발신인을 확인하니 역시 김지혜였다.

[여권 확보]

[루트 확보]

[선수 확보]

단 세 줄의 메시지였지만 지영의 눈빛은 대번에 착 가라앉았다. 그리고 동시에 지영의 분위기가 급변했다. 뭉게뭉게 올라오는 살기. 그 무형의 살기에 색을 입힌다면, 피보다 진한 붉은색일 게 분명했다. 만약, 지금 지영의 앞에 감이 좋은 사람이 있었다면 아마 대번에 질식했을지도 모를 정도로 살기의 농도는 짙었다.

치익.

"후우……."

폰을 내려놓은 지영은 담배를 하나 더 물고, 불을 붙였다. 그리곤 소파에 몸을 깊게 뉘였다. VIP 병실답게 소파는 아주 고급이었고, 조금의 불편함도 없었다. 하지만 그 때문에 또 다시 죄책감이 지영을 엄습했다. 하지만 이번엔 전처럼 슬픈 눈은 아니었다. 오히려 좀 전의 살기를 그대로 유지한 채, 천장에 적이 있는 것처럼 눈빛이 번들거리고 있었다. 오랜만이었다. 이 정도로 살심을 짙게 품었던 게 언제인지 모를 정도로. 스스로의 의지로, 희대의 악마가 되기로 결심한 게 얼마만인지 모를 정도로, 아주 오랜만이었다. 지영은 멍하니 천장을 보다가, 뜬금없이 고개를 저었다.

"악마는 아니지. 이건, 정당한 복수지……."

지영이 시작한 게 아니었다.

지 놈들이 제멋대로 시작했고, 제멋대로 지영에게 지랄하고 있는 것뿐이었다.

"하이재킹에서 살아 나간 게, 그리고 수치스러웠냐?"

그래서 되도 않는 이유를 붙여 성전을 시작한 거냐?

명분.

놈들에게는 명분이 없었다.

진짜인 놈들은 솔직히 지영을 상대하지도 않았다. 그놈들은 국가를 상대로 하기 때문에 지영에게 신경 쓸 겨를조차 없었다. 국제적으로 굵직굵직한 테러는 전부 지도부 쪽에서 나오기 때문이다.

그럼 지영에게 신경 쓰는 놈들은?

가문으로 따지면 방계쯤 되는 것들이다.

직계에 눈에 들기 위해 능력을 별 지랄을 다 떠는 이놈들은 첫 번째로 하이재킹이란 미친 짓을 시도했고, 성공했다. 그런데 하필이면 지영이 그 비행기에 있었고, 완벽하게 성공한 줄 알았던 하이재킹은 지영이 탈출하면서 오점을 남겼다. 근데 그게 끝이 아니었다. 탈출로 끝난 게 아니라, 지영으로 의심되는 '붉은 눈의 사신'이 관련된 조직을 모조리 털어버렸다.

하이재킹을 주도했던 조직, 실제로 실행한 용병, 용병을 연결한 브로커까지 싹 다 털려서 행방불명이 되거나, 붉은 눈의 사신에게 전부 죽었다.

그들의 입장에서 보자면 완벽해야 했던, 완벽했었던 것 같았던 성전은, 1년이 지나서 완벽하기는커녕 오욕만 남은 성전이 되어버렸다. 그게 끝없이 지영을 노리는 이유였다. 이슬람의 끈질김이야 솔직히 말 안 해도 모두가 안다. 하지만 그 안에 국제정치로 인한 어떤 '시꺼먼' 게 섞여 있다면 얘기가 사실 달라진다. 물론 지영은 거기까진 알고 싶지도 않고, 끼고 싶지도 않았다.

"이번엔 정말 건드린 걸 후회하게 해주마……."

히죽.

평소의 피식, 하는 실소가 아니라 이번엔 진득한 웃음이 피어났다. 지영을 아는 사람이라면 정말 기겁을 했을 정도로 생소한 웃음이었다.

지이잉.

문이 열렸다.

지영의 요청으로 안에서 따로 열지 않으면 열리지 않는 문이 열렸다는 건, 밖에서 강제적으로 열 수 있는 방법을 아는 이가 찾아왔다는 소리였다. 지영은 움직이지 않았다. 따각, 따각. 또각, 또각.

두 사람이었다.

지잉.

응접실의 문이 열리고, 익숙한 두 사람이 들어섰다.

김지혜와, 정순철 팀장이었다.

지영은 여전히 착 가라앉아 있는 눈빛으로, 정순철을 바라봤다.

"후우……."

소파에 앉은 그는 무거운 한숨을 쏟아냈다.

왜?

왜 당신이?

한숨은 쉬어도 내가 쉬어야 하는 거 아닌가?

지영은 눈으로 그렇게 물었다.

"정말… 죄송합니다."

저 사과야 이미 수없이 들었다. 하지만 지영은 단 한 번도 대답한 적이 없었다. 그저 무감정한 눈빛으로 마주 보기만 했었다. 그런데 이 늦은 시간에 같이 나타났다. 그것도 김지혜와 함께 말이다.

"제발 지금 하는 작업을… 멈춰주실 수 없겠습니까?"

피식.

이번엔 대번에 실소를 흘렸다.

그리곤 김지혜를 바라봤다. 당연히 그 눈빛은 설명을 요구하고 있었다.

"회사에서 저희 쪽을 타깃으로 잡고 들어왔습니다."

"……."

그래, 그렇다면 이해가 간다.

지영이 숨죽이고 있으니, 답답한 정순철 팀장은 아마 김지혜의 뒤를 캐보라 시켰을 것이다. 가족들보다도 지영의 본질을 더 잘 아는 정순철 팀장이니 그런 방법을 생각해 내는 건 그리 어려운 일도 아니었을 것이다.

하지만 그건 그거고… 이건 이거다.

"뒷조사라……."

갈라진 논처럼 메마른 소리가 흘러나왔다. 그리고 뭉게뭉게, 억눌러 놨던 살기가 다시 폭발하듯 뿜어졌다. 마치 지영의 등 뒤로 붉은 기운이 넘실거리고 있진 않을까 착각할 정도로 살기의 농도는 짙었다.

"지영 씨……."

"당신들의 수고는 이해해, 노력도 마찬가지로."

"……."

"하지만 결국엔 거의 다 내가 해결했지. 사실상 당신들은 내 뒤를 졸졸 쫓아다니면서… 뒤처리만 한 것에 지나지 않아."

"……."

틀린 말도 아니었다.

히트 맨 팀이 한국에 왔을 때도, 노르웨이에서 히트 맨을 지영 혼자 잡았을 때도, 이성준 건도, 결국은 지영 혼자 다 해결했다. 정순철 팀장의 노고야 지영도 잘 안다. 하지만 고생만 하면 뭐 하나. 뭐 하나 해결한 게 없는데.

소풍?

피식.

그것도 지영을 만나러 온 마타 하리와 시크릿 레이디가 아니었으면 불가능했을 것이다. 결국엔 전부 지영에게 의지했다고 해도 과언이 아니었다. 일을 열심히 한다? 그래, 일 열심히 하는 사원은 그래도 존중은 받아야 한다.

"하지만 아무리 열심히 해도, 무능하다면… 얘기가 달라지지 않을까?"

"지영 씨… 그건."

"쉿. 닥치고 듣기나 해……."

지영의 서늘한 눈빛과 말에 정순철 팀장은 다시 입을 다물었다. 지영은 솔직히 이제 회사에 도움을 받고 싶은 생각이 없었다.

"내 사람이 수없이 죽었다."

"……"

"나 때문에 죄 없는 시민들 또한, 수없이 죽었다."

"……"

"그러는 동안 당신은 뭘 했지?"

피하라고?

도망치라고?

요원이 들어오면서 외친 걸로 좀 봐달라고? 그래도 거기까진 알아냈다고? 만약 정말 그런 소리를 한다면 그건, 희대의 개소리다. 당하고 나면 그 이전에 어떻게 처신을 했어도 의미가 없다.

지영은 고용한 두 명의 선수들을 통해 들었다.

이번 테러 때문에 시리아와 요르단, 이라크에서 회사원 여섯이 희생되었다는 사실을. 알고 싶지 않았지만 굳이 알려줬기에, 알고 있었다.

"알고는 있었지만, 막지는 못했다. 그렇게 생각할 작정인가?"

"후우……"

정순철 팀장은 지영의 나직한 말에 한숨을 내쉴 뿐, 아무런 대답도 할 수 없었다. 지영의 저 서늘한 말을 반박할 그 어떤 대답도 떠오르지 않았기 때문이었다. 국민이다. 희망의 아이콘이자, 스스로 괴물이 될 수 있는… 도저히 말로는 설명이 안 되는 존재가 바로 눈앞에 앉아 있는 강지영이란 존재였다. 그리고 지금, 정순철 팀장은 본능적으로 눈치챘다. 지영이 인간이기를 포기하는 과정에 이미 들어섰다는 사실을.

자신과 자신의 주변을 지키기 위해 끝없이 노력하고, 그들의 안녕을 그토록 원하던 한 사내가, 도저히 도망칠 수 없는 상황에 몰려 결국에는 극단적인 선택을 내렸음을… 정순철 팀장은 깨달아 버렸다. 어쩌면 그가 김지혜의 뒤를 밟은 게 정답이기도 했다.

하지만 반대로, 정답을 알았어도 지금 정순철 팀장은 지영을 말릴 수 있는 그 어떤 해답도 들고 있지 못한 상태였다.

상부에서 내려온 지시는 무슨 일이 있어도 지영이 다른 맘을 먹지 않도록 감시, 설득하란 내용이었다.

하지만 그게 어디 쉽나?

다른 인간도 아니고, 천하의 강지영인데?

'미치겠군……'

자신보다 스무 살가량 어린 친구이지만, 눈앞에 앉아 있는 지영은 그 누구보다 거대했다. 지금도 뿜어지는 존재감, 살기를 그는 겨우 감당하고 있었다. 이런 사람이, 육체적인 무력도 웬만한 요원들은 가볍게 골로 보내고, 총기 사용에 정말 능하며, 종적을 감추는 데 탁월한 재능을 갖춘 이런 인간이 말없이 사라져서 알라는 위대하다고 떠드는 땅으로 들어선다면?

'아…….'

그는 너무나 빤히 보이는 답에 저도 모르게 탄식을 흘리고 말았다.

막아야 했다.

그것만큼은, 반드시 막아야 했다.

"제발 다시 한번 생각해 주실 순 없습니까?"

정순철 팀장의 말에 지영은 이번에도 피식 웃었다.

"당신이라면, 당신이 나 같은 상황에 처했다면 가만히 있을 거야?"

"……."

지영의 대답에 그는 바로 답을 할 수 없었다.

네! 저는 가만히 있을 겁니다! 이렇게 말은 할 수 있다. 하지만 이 대답은 무조건 거짓으로 분류될 것이다. 너무나 많은 것을 잃은 자의 앞에서 입바른 소리를 하면 안 된다는 것쯤은 정순철 팀장도 아주 잘 알고 있었다. 하지만 어떻게 해서든 지영을 막아야 했다.

"그 몸으로는 정말 무리입니다. 재활까지 생각하면……."

"그건 당신이 상관할 바가 아니고."

"하아, 지영 씨……."

"그만."

지영의 입에서 그만이라는 소리가 나온 순간부터, 응접실의 온도가 뚝뚝 떨어지기 시작했다. 마치 에어컨 냉방을 최대로 낮춰 놓은 것처럼 순식간에 공기가 변해 버렸다.

　"그동안 많이 참았다. 더 이상 이래라 저래라 나를 통제할 생각은 안 하는 게 좋아."

　"……."

　"그리고 이 몸으로 무리라고? 내가 지금 당신을 죽이고자 하면, 당신은 살 수 있을까?"

　"……."

　배우의 입에서 나왔으니, 연기로 보일 수는 있었다. 하지만 지영의 목소리에 담긴 끈적끈적한 살기를 생각하면 이는 연기가 절대로 아니었다.

　"내가 안 가길 원해? 그럼 살려봐. 내 제자들, 이민정 감독, 그리고 나 때문에 희생된 모든 사람들. 그럼 당신 말을 따라 주지."

　"……."

　살려낼 수 있을 리가 없다.

　시간을 되돌리지 않는 한 절대로 불가능한 일이다. 즉, 지영은 불가능한 걸 말함으로써, 자신을 말리는 것도 어차피 불가능하단 말을 하고 있었다.

　"못 하지?"

"······."

치익.

"후우······."

하얀 연기가 다시금 뭉게뭉게 피어올랐다. 그 연기는 지영
의 마음처럼 이리저리 흔들리다가 흩어져 사라졌다. 사라지는
연기를 잠시 바라보던 지영은 자리에서 일어났다. 창가로 간
지영은 재를 재떨이에 털고는, 나직한 목소리로 말했다.

"한 커플이 있어. 그런데 남자 새끼가 바람을 피고, 데이트
폭력도 하네? 그래서 여자가 헤어지자고 했어. 근데 이 새끼
가 싫다고 지랄을 떨고, 위협까지 하네? 무서운 여자는 경호
업체에 의뢰를 넣었어. 자기를 지켜달라고. 우리 가족도 같이
지켜달라고."

"······."

"후우······."

연기를 내뿜은 지영은 천천히 몸을 돌렸다. 그리곤 정순철
팀장의 뒤통수에 대고 말을 이었다.

"그런데, 경호를 지랄 맞게 했는지 여자의 가족을 남자가 죽
였어. 그리고 그 과정에서 여자는 겨우 살아남았어. 자 그럼
문제. 여자는 이제 경호업체를 어떻게 해야 할까? 그래도 한
번 더 믿어봐? 남자가 또 찾아올지도 모르니?"

"······."

"정순철 씨. 대답해 봐. 당신이라면 어떻게 하겠어?"

"……."

"아가리에 꿀을 바르셨나……. 왜 대답을 못 하실까?"

"……."

대답을 할 리가 있나.

지금 저 말은 지영이 회사와 지영의 관계를 에둘러 까버리는 말인데, 아니라고 부정하자니 이미 여자의 가족은 죽었다. 그 과정에서 여자는 겨우 살아남았다. 그럼 그 경호업체를 어떻게 해야 할까?

고소?

해지?

둘 다 해도 상관없었다.

제정신이 박힌 업체라면, 감히 할 말 따위가 있어서는 안 됐다. 그런데 만약 이제 와서 경호를 열심히 하긴 했는데 역부족이었다느니, 이제는 잘할 테니까 고소는 하지 말아달라느니 따위의 말을 하면 어떻게 될까?

사람 미치는 거다.

치익.

담배를 비벼 끈 지영은 정순철 팀장의 앞에 앉았다.

"대답 못 하겠지?"

"……."

"그래, 하면 안 되지. 감히 했으면… 안 되는 거야."

지영은 냉정한 인간이었다.

이번 테러를 막지 못한 게 전적으로 회사 탓이라고는 생각하지 않았다. 하지만, 적어도 책임에서 자유로울 수는 없었다.

"당신들이 못 했기 때문에, 내가 움직이려는 건데, 그것마저 막으시게? 왜, 이제 다음엔 내가 죽었으면 좋겠어서 그런가?"

"지영 씨, 그런 생각은……."

"그런데 왜 이제 와서 그딴 개소리를 지껄여!"

나지막하지만 사방을 에워싸는 지영의 분노는, 정순철 팀장의 입을 단숨에 막아버렸다. 산전수전 다 겪은 정 팀장이다. 그런데도, 그는 지영의 들끓는 분노를, 피어나는 살벌한 기세를 겨우 감당하고 있었다.

"내가 아니면 내 가족이야. 벌써 내 제자가 죽었고, 지인인 이민정 감독이 죽었고, 내 팬들이 희생됐어. 나 때문에……. 그다음은? 은재 차례인가? 우리 부모님? 지원 누나나 수민 누나? 그런 사람들 차례겠지? 은재한테도 왔었다며, 아버지, 어머니한테도 테러가 있었고."

"……."

"톡 까놓고 말해보자. 당신들이 그 새끼들 죄다 박멸할 수 있어?"

"……."

있겠나.

바퀴벌레보다 훨씬 더 지독한 생존력을 가진 게 바로 극우주의 IS다. 이 인간들은 죽이고 죽여도 또 어디선가 단원을 보충해 활동을 시작한다. 못 없애는 이유 중에 다른 것도 있지만, 기본 적으로 이놈들은 뿌리를 뽑기 극히 힘든 집단이었다. 그래서 지영은 그 모든 걸 자신이 끌어안을 작정이었다.

더 이상의 피해는 절대로 나오게 할 생각이 없는 지영이었다.

"못 하면, 건드리지 마. 진짜 돌아버리기 전에."

"……."

"아, 그리고."

씩.

지영은 웃었다.

불쑥, 이제 마지막으로 이들에게 부탁할 게 생겨서 나온 웃음이었다. 정순철 팀장은 그런 지영의 미소에 침을 꿀꺽 삼켰다.

스윽.

긴장하는 정순철 팀장에게 얼굴을 바짝 들이댄 지영은 천천히, 소곤거렸다.

"그래도… 당신이 도와줄 게 하나 있긴 하네."

어때, 그걸로라도 만회해 볼래?

지영의 나직한 말에 정순철 팀장은 잠시 뒤에, 고개를 끄덕였다.

＊　　　　　＊　　　　　＊

낙엽이 지고, 북녘의 차가운 바람이 가뜩이나 우울한 한국의 거리를 희롱하기 시작했다. 그런 대한민국에, 역대급으로 충격적인 소식이 터졌다.

〈배우 강지영 대성병원 병실에서 자살〉

찬바람이 부는 새벽에 조용히 올라온 속보의 기사였고, 아직 잠도 깨지 못한 채 출근하던 사람들의 정신을 그대로 멍하게 만들어 버렸다. 누가 죽어? 누가? 강지영이? 왜? 아침부터 이게 무슨 개소리래?

처음은 부정이었다.

하지만 첫 번째 속보 이후 줄줄이 속보가 올라왔고, 내용은 죄책감을 이기지 못한 지영이 욕조에서 손목을 긋고, 자살을 했다는 내용이었다. 믿고 싶지 않은 내용이었다. 해가 뜨고,

점점 사실을 아는 사람들이 많아졌다. 가뜩이나 테러의 여파가 가시지 않은 상태였다. 그런 와중에 10시쯤, 지영의 자필 유서가 발견됐다는 속보가 다시 올라왔다.

죄송합니다, 로 시작한 유서는 자신 때문에 가족과 연인을 잃은 모든 이들에게 너무나 죄송한 마음이고, 혼자만 살아남아 면목이 없다는 내용으로 이어졌으며, 더 이상 배우 생활을 할 자격이 없다와, 삶을 이어가는 것 또한 용서받지 못할 일이라는 내용을 끝으로, 유서는 끝났다.

유서는 실제로 공개됐다.

유서의 진위여부에 이목이 집중되었고, 지영의 필체를 대조한 결과 사실로 나와 마지막 남은 희망조차 산산이 부서져 나갔다.

그러자 한 네티즌이 그랬다.

한 많은 인생이, 한 많게 졌다고.

그 말에 공감하는 이가 부지기수였다. 지영의 삶을 돌려보면, 정말 가관도 아니었다.

아주 어린 나이에 성희롱하는 유치원 선생을 현행범으로 체포하는 걸 시작으로, 다시 그 유치원 선생에게 테러를 당할 뻔했다. 그게 초등학생 때다. 중학교 1학년 때는? 기가 막히게도 하이재킹을 당했고, 겨우 살아 돌아온 그의 몸엔 고문으로 인한 흉터가 가득했다. 마치 CG가 아닐까 싶을 정도로 뱀처럼 구불거리는 흉터와, 찢기고 불로 지진 흉터들이 상하반신에 낙인처럼 찍혀 있었다. 그게 끝? 아니었다. 하나둘씩 풀리는 이야기들이 더 많았다. 첫 번째로 택한 영화에서는 지영이 살아 돌아간 게 불만인 빌어먹을 광신도들이 고용한 히트 맨의 기습을 받았다.

골 때리는 건, 그걸 지영이 스스로 해결했다는 것이었다. 당시 국정원 요원과 대동했는데도 강지영은 골목에서 마주친 그 히트 맨을 방으로 유인, 맨손으로 제압해 버렸다. 그럼 여기가 끝?

당연히 아니었다.

한국에 들어와서도 제국이라 불리는 그룹 간의 전쟁에 휘말려 조직폭력배의 기습을 받았고, 그걸로 모자라 또 다른 히트 맨의 저격까지 받았다. 그 모든 과정에서도 지영은 살아남았다. 지인이 마피아에게 납치당했고, 가족들이 폭탄 테러를 당한 적도 있으며, 결국엔 지영 본인을 노린 폭탄 테러까지 당했다.

그 과정에서, 어마어마한 시민이 희생되었다.

최종 집계에서는, 천 명이 조금 안 되는… 945명으로 판명되었다. 물론 사망자와 부상자를 합친 수였다. 하지만 사망자의 수가, 기하급수적으로 높았다. 그 과정에서 또 강지영은 혼자 살아남았다.

산 자와 죽은 자의 경계에서, 지영은 산 자의 길에 서 있었다. 하지만, 지영은 살아도 산 게 아니었다.

정신과 주치의의 인터뷰에 따르면 죽은 자와 하등 다를 게 없는 상태였다고 했다. 그래서 처음에는 괜찮았지만, 점점 상태가 안 좋아졌고, 결국엔 극단적인 선택으로 이어졌을 거라는 의견이 지배하기 시작했다.

난리가 났다.

지영의 팬이 어마어마한 관계로, 회사의 시스템이 마비가 올 정도로 타격이 왔다. 실의에 빠진 팬들은 일을 하고 싶어도, 그럴 수가 없었다. 오후 세시쯤, 장례식장이 마련됐다. 텅 비어버린 유은재의 사진이 개념을 말아 처드신 어느 기자의 소행으로 올라왔다. 강지영의 연인, 유은재.

그녀의 영혼 없는 모습은 이제는 모두에게 포기하라는 선고와도 같았다. 하지만 아직도 현실감이 없는 건 마찬가지였다.

죽었다.

대한민국이, 그렇게 자랑하던 배우가.

죽었다.

별의 몰락처럼, 스러졌다.

현실이었다.

강지영의 자살은.

그렇게 저녁이 되었고…….

대성병원 인근은, 완벽하게 마비되었다.

수십만에 이르는 지영의 팬들이, 모조리 병원으로 모였다. 평소에 점잖게 행동하는 지영의 팬덤이지만 이번만큼은 그렇게 행동할 수 없었다. 그들이 사랑하던 배우, 그들의 우상이었던 배우가 못된 광신도들 때문에 상처 입고, 결국엔 자살을 선택했다는 사실에 그들은 분노했다. 지영의 팬덤은 95% 이상이 여성이었다. 그리고 여자가 한을 품으면 오뉴월에도 서리가 내린다고 했다.

겨울로 가는 문턱이라 원래도 싸늘했지만, 한(恨)을 품은 여인들이 모여들어, 멍하니 앉아 있는 모습은 그 자체로 무시무시했고, 소름이 절로 끼칠 정도로 서늘했다. 지영의 팬은 모여서, 오열하지 않았다. 조용히 눈물을 흘렸지만, 통곡하지 않았다. 그저 촛불과 백합을 준비해서, 지영이 가는 길을 배웅하려는 것처럼 세상을 하얗게 물들여 갔다. 이런 표현이 미안하지만… 이는 장관이었다.

병원을 중심으로 반경 1㎞가 넘는 모든 곳이 하얗게 변하는 이적이 펼쳐졌다. 외신에서도 이런 모습을 보도할 정도로, 지영의 팬들은 고요함 속에, 지영을 배웅했다. 지영의 장은 당연히 3일장으로 끝났다.

쏴아…….

비가 내리기 시작했다.

지영이 가는 길을 슬퍼하는 걸까?

하늘도, 지영을 아직 데려가기 싫었던 걸까?

백합의 잎이 빗방울에 찢기고, 갈라지며 흩어졌다.

시간은 공평하게 흘렀다.

발인의 시간은 어김없이 찾아왔고, 새까만 장의차가 지하를 통해 천천히 올라오기 시작했다. 목적지는 알려지지 않았다. 지영의 차가 나오자 팬들은 알아서 길을 만들었다. 마치 미리 예행 연습이라도 했던 것처럼, 너무나 자연스럽게… 그걸 찍는 모든 이들이 놀라서 입을 떡 벌렸을 정도로 질서정연하고, 고요하게 움직여 지영이 가는 길을 텄다. 차는 천천히, 아주 천천히 열린 길을 따라 움직였다. 그 뒤로 버스가 줄줄이 이동했다.

"흑……."

차가 지나가자, 한 사람이 울음을 터뜨렸다.

참고 참았던, 울음.

그들이 사랑하고, 그녀들이 사모했던, 모두의 우상이었던 배우가 결국엔 스물을 갓 넘기고는… 곁을 떠나가고 있었다.

"흐윽……."

한 사람이 울음을 터뜨리자, 두 사람이, 세 사람이, 마치 도

미노처럼 연쇄적으로 그동안 참고 있던 감정의 둑이 무너져 내리기 시작했다.

　쏴아…….

　"흐아……."

　그렇게… 빗소리를 뚫고, 천지가 울기 시작했다.

Chapter99
돌아온 악몽

그 어느 때보다 추웠던 겨울이 지났다. 그 해의 대한민국은, 그 어느 때보다 조용했다. 신기하게도 사건 하나만 벌어져도 서로 물고 뜯고 난리도 아니었던 대한민국은 이상하리만치 조용했다.

언제나 서로 물어뜯던 정치계까지 고요하기만 했다. 특별한 사건 사고가 없는 아주 평범한 대한민국은 이질적이기까지 했다. 그런 분위기가 다시 정상으로 돌아온 건 꽃 피는 봄이 왔을 때였다. 그제야 활기가 거리, 도로, 인터넷에서 스며들어 일상의 소중함을 일깨웠다.

그렇게 일 년이 지났다.

시리아, 다마스쿠스(Damascus).

아랍어로는 디마시크(Dimashq)는 폭풍전의 고요함으로 몸을 떨기 시작하고 있었다. 사실 하루가 멀다 하고 총성이 울리는 곳이라 언제나 시끌벅적했지만 갑작스레 들려온 소문 하나가 다마스쿠스를 긴장감 속에 풍덩 담가 버렸다.

"뭐? 누가 왔다고?"

아마드는 새롭게 옮긴 가게를 정리하다 말고 친구가 한 말에 고장 난 기계처럼 삐걱삐걱, 고개를 돌렸다.

"글쎄, 그가 온 것 같다니까? 그자 말이야. 붉은 눈의 사신."

"……."

친구의 말에 아마드의 눈동자가 폭풍을 만난 것처럼 흔들리기 시작했다. 그러다 저도 모르게 자신의 손을 바라봤다. 본래 있어야 할 손가락 하나가 없는 왼손이 갑자기 불로 지지는 것처럼 아팠다.

물론 실제로 아픈 건 아니었다.

그저 아마드가, 그를 떠올리는 것만으로도 트라우마가 올라와 아픈 것처럼 느낄 뿐이었다. 식은땀이 줄줄 흐르기 시작했다. 채 1분이 지나기도 전에 등이 축축하게 젖었고, 안색은 하얗게 질려갔다.

"이보게, 아마드? 왜 그러나?"

"당장… 집으로 돌아가."

"아마드?"

"빨리!"

끼이익.

그때 사건 이후로 싹 뜯어 고친 철제문이 거친 소리를 내며 열렸고, 두 사람의 시선은 저도 모르게 문 쪽으로 향했다.

"이곳은 변한 게 없네."

"아… 으으……."

익숙한 복장과 음성이었다.

다만 다른 게 있다면 부르카를 걸친 신장이 상당한 호위 두 명이 함께한다는 점이었다. 아마드는 그날 일을 잊을 수가 없었다. 그의 인생에서 가장 소름끼치는 순간이었다. 군 정보 요원 출신이었던 그는 웬만한 국가의 정보요원을 다 만나봤다. 그리고도 살아남았다. 하지만 다시 찾아온 눈앞의 이 사내를 처음 만났을 때는, 본능이 미치도록 경고했었다. 절대로 거스르지 말라고.

이자에게 살아나고 싶다면, 아는 걸, 묻는 걸 모조리 뱉으라고. 그렇게 비위를 맞추지 못하면 무슨 짓을 해도 살아날 수 없을 거라고.

그래서 아마드는 아는 걸 전부 불었고, 왼손 엄지 하나를 스스로 잘라내는 걸로 목숨을 구원받았다. 그런데 그랬던 그가, 아마드 인생에서 가장 무서웠던 사신이 지금 또 나타났다. 그것도 이번엔 범상치 않은 호위 둘을 데리고 말이다.

"아마드……?"

그의 친구도 본능적으로 눈치를 챘는지 불안한 눈빛으로 그를 불렀고, 아마드는 천천히 손을 뻗어 한쪽을 가리켰다. 나가는 곳은 아니었다. 구석에 처박혀서, 아무런 소리도 내지 말고, 아무런 짓도 하지 말란 뜻이었다. 친구가 그런 아마드의 수신호에 고개를 끄덕이곤 옆으로 물러나 양손을 위로 올렸다. 물론, 아마드도 천천히 양손을 머리 위로 올렸다. 적대 의사가 없다는 것을 온몸으로 표현하는 두 사람을 보던 낯선 방문자는 피식, 웃음을 흘리곤 구석에 있던 의자를 가져다가 앉았다.

"아마드? 오랜만이네?"

"…오랜만이오."

"앉아. 할 얘기가 있으니까."

"…움직이겠소."

낯선 방문자, 지영이 고개를 끄덕이자 아마드는 천천히 카운터에서 나와 바닥에 철퍽 주저앉았다.

"손은 내려도 돼. 우린 구면이니까."

"알겠소……."

아마드는 천천히 손을 내렸다. 내리는 동안 그의 눈동자가 저도 모르게 왼손의 엄지로 향했다가, 다시 눈앞의 사내에게 향했다. 사내는 변한 게 없었다. 새빨갛던 눈동자가 조금 옅어진 걸 빼면 변한 건 하나도 없었다.

"내가 왜 왔는지 알지?"

"음… 한국에서 있었던 테러 때문이오?"

"빙고."

"신께 맹세코 나는 테러에 관여하지 않았소."

진짜였다.

아마드는 그날 이후, 한국과 연관된 그 어떤 정보도 취급하지 않았다. 지영에 대한 트라우마에 깊게 관여되어 있었기 때문이었다. 그래서 그는 충분히 찾아볼 수 있음에도, 지영에 관한 그 어떤 것도 철저하게 무시하며 살아왔다. 그런데 한국에서 테러가 일어난 지금 그가 다시 자신을 찾아왔다.

죽었다는 소식은 당연히 접했지만 아마드는 본능적으로 느꼈다. 그 사내는, 그때 보았던 그 붉은 눈의 사신이 지영이라면 결코 자살하지 않았으리라는 것을. 하지만 그가 자신을 찾아올 줄은 예상도 못 했다.

'멍청한 아마드……'

아마드는 자책했다.

아예 접었어야 했다.

잡화점을 옮겨서 안심했던 게 화근이었다. 하지만 사내는 귀신같이 옮긴 잡화점으로 찾아왔다. 이는 분명 그에게 정보를 전달하는 누군가가 있다는 뜻이었다.

'그런데도 날 찾아왔다는 건…….'

아마드가 취급하는 정보가 필요하다는 뜻일 수도 있었다. 아마드는 그런 생각에 오히려 정신을 바짝 차렸다. 칼자루를 쥐었다는 생각으로 섣부르게 행동하면 이번엔 손가락 하나로 절대 안 끝날 것 같단 예감이 진하게 들었기 때문이었다. 눈앞에 사내, 붉은 눈의 사신은 충분히 그러고도 남았다.

"정보가 필요해."

치익.

"후우……."

담배를 입엔 문 지영의 말에 아마드는 침을 꿀꺽 삼켰다. 시작이다. 죽느냐 사느냐가 걸린 대화가.

"어떤 정보를 원하시오?"

"전부."

"네?"

"당신이 가진 정보의 전부."

"……."

허…….

기가 막힌 말이었다.

아마드에게 정보는 목숨이었다.

그가 정보로 벌어들이는 돈으로 미국으로 보낸 가족이 생활을 하고 있었고, 자신도 먹고 살고 있었다. 물론 그게 전부가 아니었다. 정보란 양날의 검이었다. 누군가를 살리기도 하지만, 반대로 누군가를 죽이기도 하는 게 정보였다. 그리고 그 누군가에는 아마드 자신도 들어갔다. 그런데 지금, 눈앞의 사신은 자신이 가진 정보를 전부 달라 하고 있었다. 이걸 주면? 반드시 아마드의 목숨을 노리고 누군가 올 것이다.

"그걸 주면, 당신이 날 살려주더라도 나는 죽소."

"안 죽어."

"아니오. 나는 아마 죽을 거요. 당신이 상대하려는 이들이 나를 살려둘 리가 없소."

"그럴 리 없다니까."

"그걸 어떻게 장담하오?"

"내가 다 죽일 거니까. 하나씩, 하나씩, 당신이 순차적으로 건네주는 정보를 토대로, 전부."

"……."

말도 안 되는 소리였다.

국제정치로 인해 IS가 소멸하지 않는 건 맞지만, 그래도 이들의 생명력은 바퀴벌레보다도 질겼다. 그런 그들을 지금 지영은 모조리 죽이겠다고 하는 것이다. 그러니 상식적으로는 당연히 말도 안 되는 소리였다.

"어차피 계파 하나면 지우면 끝나. 알잖아. 계파 상층부는 정치적인 이권이 있지 않은 이상 움직이지 않는다는 거."

"그건… 그렇소만."

확실히 그의 말이 맞았다.

계파의 꼭대기에 거주하는 인간들은 테러를 벌여도 반드시 자신에게 크나큰 이득이 있어야만 움직였다. 그 이득은 말도 안 되는 이유와 함께 '성전'으로 포장되어, 아무것도 모르는 이들의 희생을 강요한다. 아프리카, 이슬람에서 벌어지는 테러, 내전은 대부분 그랬다. 아니, 거의 전부라고 해도 과언이 아니었다. 하지만 그가 아는 한 지영을 상대하는 계파는 그러지 않았다.

즉, 그 줄기만 싹 뽑아버리면 아마드를 노릴 자는 없다는 소리였다. 아마드는 거기까지 생각이 미치자 문득 소름이 돋았다. 철저하게 알아보고 왔다. 이런 건 단순히 조사한다고 알려지는 것도 아니었다.

"혹시… 이미 알고 있는 거 아니오?"

"알고야 있지. 하지만 대조해 보는 것뿐이야."

"내가 가진 정보도 잘못됐을 수도 있소."

"이곳에서 십 년이나 터를 있었던 정보 상인이 잘못된 정보를 가지고 있다? 아마드. 슬슬 대화하기 귀찮은가 보네?"

"그, 그건 아니오!"

서늘하게 나온 지영의 말에 아마드는 얼른 고개를 저었다. 대화가 귀찮아진다고? 그건 곧 아마드의 끝을 예고하는 말이나 다름없었다. 대화가 끝나면? 만족하지 못했다면? 그건 곧 아마드의 죽음을 의미했다.

"후우, 알겠소."

"잘 선택했어. 대신."

"……."

"이번 일을 잘 도와주면… 당신의 인생을 바꿀 선물을 주지."

"선물… 말이요?"

"그래, 마음에 들 거야. 장담하지."

"……."

아마드는 그냥 침묵했다.

어떤 선물인지 궁금은 했다.

하지만 물어보지 않는 게 나을 거라는 직감이 팍! 하고 뇌리에 꽂혔다.

"정보는 어떻게 전달하오?"

지영은 고개를 들었다.

그리곤 쪽지 한 장을 툭 던졌다.

"매일 자정 접속해. 게시판이 열리면, 그때 올리면 돼."

"알겠소."

"혹시나 해서 말해두는 건데… 다른 생각은 안 했으면 좋겠어."

"…나는 멍청이가 아니오."

아마드는 바로 고개를 저었다.

차라리 정보국 요원 백을 상대하는 게, 눈앞에 이 사내를 상대하는 것보다 훨씬 나을 거라는 생각이 들었다. 아니, 생각 정도가 아니라 실제로도 그랬다. 그는 소싯적에 정보 세계의 전설 중 한 명인 콜드 블루를 만난 적도 있었다. 프랑스 정보국 소속 콜드 블루는 그 당시엔 정보 세계의 사신이나 다름없는 자였다. 만약, 그가 조금의 방심과, 배신이 아니었다면 아직까지도 정보 세계의 사신으로 군림했을 거였다.

하지만 아마드는 그 사신을 만나고도, 살아남았다. 그 이유는 남다른 직감 때문이었다. 먼발치에서 그와 우연히 마주친 순간, 아마드는 죽을힘을 다해 도망쳤다. 육감이 미친 듯이 소리쳤었다.

무조건 도망치라고.

그 결과 아마드는 살아남을 수 있었다.

근데 지금이 딱 그랬다.

절대로, 이 남자를 거역하지 말라고.

씩.

입가에 호선이 그려지는 걸 발견한 아마드는 저도 모르게 안도의 한숨을 내쉬었다.

"그러기를 빌지."

"걱정 마시오."

"저 친구는?"

지영의 시선이 아직도 벌을 서듯 손을 들고 서있는 친구에게 향하자 아마드는 입술을 꾹 깨물었다.

"나를 믿어주시오."

"당신은 믿는데, 저 친구는… 글쎄."

지영의 말에 아마드는 눈을 질끈 감았다. 뒤에 있던 호위가 품에서 손을 빼는 게 보였기 때문이었다. 하지만 총성은 없었다.

"당신 친구도, 당신만큼 현명하길 빌지."

"거, 걱정 마시오!"

스윽.

그렇게 아마드가 외치자 소리도 없이 일어난 지영은 조용히 잡화점을 빠져나갔다.

"그냥 둬도 돼?"

"하루만 지켜봐요."

"위."

슥.

키가 좀 더 크고, 유쾌한 성격의 안젤라가 지영과 함께 걷다 말고 조용히 사라졌다. 안젤라는 시크릿 레이디의 또 다른 가명이었다. 지영은 한참을 걷다가, 다 무너져 가는 건물의 지하로 내려갔다.

그러자 육중한 철문이 보였고, 비밀번호를 입력하고 손바닥을 대자 철문이 천천히 열렸다. 그게 끝이 아니었다. 미로처럼 생긴 공간이 나왔고, 지영은 1시간여를 걸으며 몇 번의 문을 더 넘었다.

그리고 목적지에 도착했다.

홍채부터 시작해 세 가지의 비밀번호를 입력하고 나서야 문이 열렸고, 이번엔 전혀 다른 공간이 나왔다. 깔끔한 내부 인테리어는 물론, 곳곳에 배치된 대형 스크린과 컴퓨터가 가장 먼저 보였고, 중앙에 있는 소파에는 익숙한 중년 사내와 여인이 늘어져 있었다. 천장에는 대형 환풍기가 돌아가고 있었고, 각 벽면마다 작은 문이 하나씩 있었다.

피식.

늘어져 있는 둘을 보고 지영이 웃자 지잉, 한쪽 자동문이 열리며 김지혜가 걸어 나왔다.

"오셨습니까, 사장님."

"이제 그 사장님 소리는 안 할 수 없어요?"

"그럼 보스라고 불러 드릴까요?"

"후… 됐어요. 우리가 무슨 갱단도 아니고."

지영은 소파에 앉아 늘어져 자고 있던 두 사람을 깨웠다.

"일어나 봐요, 좀. 나갈 때도 자더니, 언제까지 자려고 그럽니까?"

"으음⋯⋯."

"흐음⋯⋯."

지영이 다리를 흔들어 깨우자 성수정과 정순철이 나직한 신음소리를 내며 잠에서 깨어나 좀비처럼 몸을 일으켰다.

"갔다 왔어요⋯⋯?"

"네, 좀 씻고 자요."

"에이, 뭘⋯⋯."

부스스한 머리를 벅벅 긁는 성수정을 보며 지영은 피식 웃음을 흘렸다. 첫인상은 다혈질에다가 호전적일 거라고 생각했었는데, 실제로는 굉장히 털털한 성격이었다. 어떻게 알았는지 그녀는 지영이 조용히 병원을 빠져나가던 날, 차를 가로 막아섰다. 그리곤 자신도 같이 데려가 달라고 당당하게 말했다.

어이가 없던 지영이 고개를 모로 틀고 계속 바라보자, 그녀는 이유를 설명했다.

회사.

그녀가 몸담은 회사는 국가정보원 소속 위장 기업이다. 진짜로 소속되어 있는 월영에서 나와, 세상을 경험하고 싶었지만 회사는 그녀의 욕구를 충족시키지 못했었다. 그래서 참고,

또 참았지만 결국엔 욕구가 슬슬 터질 지경이었고, 그 타이밍에 테러가 벌어졌다. 지영이 성수정을 알아봤듯, 성수정도 지영을 알아봤다. 그녀는 당연히 지영이 테러 이후, 조용히 살지 않을 거라는 걸 알았다.

그녀가 느낀 지영은, 성수정도 경험해 보지 못한 진득한 어둠을 품고 있었다. 악인이었다면 어떻게 해서든 지영을 막았겠지만 그녀가 본 지영은 정확하게 중립적인 선을 유지하고 있었다. 건드리지 않으면, 먼저 건드리는 일은 없는 전형적인 중립 성향이니 반드시 복수를 하러 갈 거란 예상은 멋지게 들어맞았다.

그녀는 머리도 잘 돌아갔다.

지영이 허락하지 않을 시, 지영이 살아 있다는 것을 반드시 알리겠다는 말을 뒤이어 던졌고, 지영은 가만히 바라보다가 일단 알았다는 말과 함께 병원을 빠져나왔다. 이후 그녀의 실력에 대한 검증을 해봤다.

'엘리트 중에서도 이런 초 엘리트가 따라 와준 걸 고맙다고 생각해야 하나?'

"하암……."

늘어지게 하품을 하는 그녀를 보며 지영은 몇 번째인지 모를 그 생각을 다시 떠올렸다. 성수정은 생각보다 훨씬 엘리트였다. 일단, 영어부터 시작해서 프랑스어, 일어, 중국어, 러시

아어, 아랍어까지 능숙하게 구사하는 건 물론이고 웬만한 기계 장비는 전부 다룰 줄 알았다.

'심지어 해킹 실력까지…….'

육체적인 무력도 나무랄 데가 없었다.

실제로 지금 지영의 옆에 조용히 앉아 언제 꺼내 왔는지 모를 홍차를 홀짝이는 마타하리, 지금은 유리라는 가명을 쓰는 그녀와 붙어도 거의 호각이었다. 안젤라가 저격을 포함한 총기에 능하다면 유리는 근접전에서 엄청난 강세를 보였다.

평퍼짐한 차도르(Chador)안에는 촘촘한 근육이 자리 잡고 있었고 그 근육은 성인 사내의 뼈쯤은 가볍게 박살 낼 에너지를 품고 있었다. 격투 센스도 아주 수준급이었다. 순간의 판단이 승패를 가르는 만큼, 잘못된 선택을 내리면 목숨을 잃는 게 바로 그녀가 살던 바닥이다. 그런데 그녀는 무수히 많은 작전을 성공적으로 완수했다.

실력을 한번 제대로 보고 싶어서 한국을 빠져나와, 둘이 한번 붙게 했었는데, 지영은 10분 만에 멈춰야만 했다.

서로 간을 본 다음 제대로 붙기 시작하자 진짜 누구 하나 죽일 기세였고, 실제로 안 멈췄으면

둘 중 하나는 순식간에 죽어 나자빠질 것 같았다. 그만큼 성수정은 근접 격투 센스가 있었다.

'월영에서 배웠다면 당연한 거겠지만, 그걸 차치하더라도 확

실히 뛰어나.'

월영문 자체가 지영이 총기가 없던 세상에서 만들었기 때문에 칼, 창, 도끼, 활 등의 중장 병기와 근접 박투만 전수했었다. 지금은 선은 남아 있어도, 예전과는 매우 달라진 모양새였다. 하지만 그만큼 현대적인 무예로 재탄생되어 있었다.

성수정은 그게 끝이 아니었다.

처걱, 처걱!

그녀는 모든 총기류, 폭탄류도 능숙하게 다뤘다.

총기를 점검하는 그녀를 빤히 보던 지영은 어쩌면 성수정 덕분에 원하던 복수를 훨씬 빨리, 그리고 쉽게 끝낼 수 있을지도 모르겠단 생각이 들었다.

"갔던 일은 잘 해결됐습니까?"

"네, 오늘 자정부터 정보가 들어올 거예요."

정순철 팀장은?

그는 자신을 안 데려가면 절대로 지영의 부탁을 들어줄 수 없다고 하는 바람에, 어쩔 수 없었다. 불쑥 든 생각이지만, 지영은 자신을 죽은 것처럼 꾸미기를 잘했다는 생각이 들었다. 이미 놈들은 마치 성전에서 승리한 것처럼 들떠서는 성명을 발표하기까지 했다. 아마 지금쯤은? 아주 제대로 방심하고 있을 것이다. 그 모든 게 다행히 정순철 팀장 덕분이었다. 그가 손을 써주는 바람에 지영은 자신의 거짓 죽음을 공표할 수 있었고, 조용히 한국을 떠나 몸을 회복한 뒤에 이곳에 기지를 마련할 수도 있었다.

"그가 배신할 확률은 없습니까?"

"그자는 영리해요. 아마 자신이 배신할 경우를 아주 잘 알고 있을 거예요."

"흠… 이곳 인간들은 믿을 수가 없어서……."

"유일하게 이곳에서 신을 믿는 행세를 하는 몇 안 되는 정보 상인이니, 걱정 마세요."

지영이 본 아마드는 지극히 현실적인 인간이었다. 인샬라? 그의 입에서 나오는 인샬라는 그저 주변을 속이기 위한 단어일 뿐이었다. 정보요원으로 활동하며 이미 현실을 제대로 파악했기 때문에 가족을 미국으로 보내기까지 했다. 지영이 다시 찾아온 이상, 자신의 주변에 항상 지영이 보낸 감시의 눈길이 있으리란 걸 그는 항상 상기하고 있을 것이다.

"그렇습니까. 흠, 그럼 다행입니다. 하하."

"네, 다행이죠. 그런 약삭빠른 정보 상인이 있다는 게. 근데 팀장님."

"네? 아아, 후회 안 하냐는 말할 거면 꺼내지 마십시오. 전 정말 좁쌀만큼도 후회 안 하니까요. 하하."

정순철이 먼저 선수를 치자 지영은 그냥 피식 웃고 말았다. 저 나이에 팀장 정도면, 10년 안에 더 요직으로 옮길 수도 있을 것이다. 그런데도 그는 사직서를 제출하고, 지영을 따라 나섰다. 물론 국정원 정도 되는 정보기관이 지영의 죽음을 진실로 받아들이고 있진 않을 테니 왜 그가 사직서를 제출했는지도 알고는 있을 것이다. 하지만 아무리 국가 정보기관이라 하더라도 강제할 수는 없었다. 결국 일주일 만에 사직서는 수리되었고, 정순철은 김지혜가 알려준 루트를 타고 홍콩으로 넘어와 지영과 합류했다.

그렇게, 팀이 완성됐다.

고작 6명이지만 다들 경험이 풍부한 일당백들이고, 자금도 넉넉해서 철저하게 준비를 할 수 있었다.

지금도 마찬가지였다.

지영은 급하게 움직이지 않았다.

지영은 시리아 내에 안가와 근거지를 쓸 곳을 먼저 만들었고, 곳곳에 무기와 식량, 부상을 입으면 어느 곳에서도 치료할 수 있게 준비를 해 놨다. 이번 계획을 짜면서 만장일치로 나온 의견이 있다면 지영이 원하는 선까지 도달하려면 장기전은 필수라는 의견이었다. 그래서 어마어마한 돈이 들었지만 지영은 거의 마르지 않는 샘과 같은 자금줄이 있었다. 그리고 그 자금줄 말고 지영의 개인 계좌에 있는 금액도 상상을 초월했다. 그 계좌에 있는 금액의 반 이상을 썼지만 아직도 장기전에 필요한 자금은 충분히 남아 있었다.

"뭐, 여튼 고맙……."

"사장님!"

저 멀리서 김지혜가 부르는 소리가 들려 지영은 말하다 말고 얼른 고개를 돌렸다. 항상 차분한 그녀가 크게 소리쳤을 만큼 중요한 일일 거란 생각에 바로 일어나 다가가자, 대형 모니터에 분할화면 중 하나를 김지혜가 가리켰다.

"좀 전에 이곳으로 타깃으로 추정되는 아랍인이 한 명 들어갔습니다."

"……."

그 말에 지영의 눈빛이 전에 없이 차가워졌다. 싸늘하고, 감정만 싹둑 가위로 잘라 제거한 것 같은 눈빛이었다. 하지만 주변에 있던 누구도 지영의 기세에 움츠리지 않았다. 이미 여러 번 경험해 봐 익숙한 탓이었다.

김지혜는 바로 좀 전에 찍힌 남자와, 지영이 표적으로 잡은 자를 대조하기 시작했다. 어지러운 명령어가 계속해서 입력되고, 부뚜막에서 자체 개발한 프로그램이 좀 전에 찍힌 사내와, 첫 번째 표적인 모사브의 정면사진을 비교했고, 잠시 뒤에 싱크로 99%를 모니터에 띄운 뒤 어서 보라는 듯 깜빡거렸다.

찾았다.

지영은 씩 웃었다.

모사브.

한국에서 테러를 실행했던 카미드 하솔라의 바로 위 상관쯤 되는 놈이었다. 한국에서 국정원 대테러 팀한테 잡힌 놈은 끝까지 자살 테러를 감행해 결국 아무것도 알아낼 수 없었다. 하지만 그런다고 못 찾을 것도 없었다. 이놈들에게는 계보라는 게 있었고, 그 계보만 찾아 거슬러 올라가다 보면 반드시라고 해도 좋을 정도로 딱 찾을 수 있었다. 그렇게 찾은 게 바로 저 모사브다.

지영의 첫 번째 타겟은 바로 저놈이었다. 저놈부터 시작해, 계보를 타고 싸그리 지워 버릴 작정이었다. 이놈들은 모조리 죽일 필요는 없었다. 말단 조직원은 그냥 무시하고, 지영에 대한 원한을 주입받은 간부와 머리만 쳐내면 밑이야 알아서 흩어지게 되어 있었다.

"안젤라한테 연락해서 뒤 밟아주고, 지혜 씨도 놓치지 말아주세요."

"네."

지영은 다시 소파로 돌아와 앉았다.

그리곤 고개를 숙인 채 엄지로 눈을 문질렀다. 놈을 보자 다시금 솟구치려는 살기를 제어하기 위함이었다.

"지영, 진정."

"아아, 웅. 하아……."

한숨을 내쉰 지영은 다시 고개를 들곤 담배를 꺼내 입에 물었다.

치익.

"후우… 고맙다."

"……."

고개를 젓는 유리를 보며 지영은 참 사람 인연 모르는 거란 생각이 들었다. 돈과 흥미, 안전을 위해 계약을 맺은 유리와 안젤라지만, 반년을 붙어 있다 보니 이제는 동료와도 같은 사이가 됐다. 유리는 말수가 적었다. 러시아 출신인 그녀는 카케베(KGB)출신 아버지에게 어릴 적부터 지독한 훈련을 받았다.

영화에서 나올 법한 극한 훈련을 겪으며 그녀는 말수가 점점 줄어들었고, 성인이 되자 그의 친부는 그녀를 바로 히트맨으로 데뷔시켰다. 유리는 기계처럼 친부의 말을 듣다가 작전이 실패하고 오히려 타깃에게 양부가 죽자, 그제야 자유를 얻었다. 하지만 배운 게 도둑질이라고, 유리는 은퇴하지 않았다. 그러다가 안젤라를 만났고 유리와는 달리 밝은 성격의 영향을 받으며 조금씩 예전의 감정을 되찾아가는 중이었다.

치익.

"후우… 이제 어쩔 겁니까?"

지영처럼 담배를 문 정순철 팀장의 질문에 지영은 서늘하게 웃었다.

"어쩌긴요. 그냥 구경만 하다 갈 거면 여기 오지도 않았어
요."

"하긴, 그것도 그렇습니다. 그럼 준비 좀 해놓겠습니다."

"본거지와 조직도만 손에 들어오면 바로 시작할 겁니다."

"알겠습니다."

지영은 폰을 꺼냈다.

임수민이 블랙마켓을 통해 구한 도청이 불가능한 폰이었다.
딸깍, 폴더 형태의 폰을 열어 1번을 꾹 누르자 바로 전화가 걸
렸다.

─응······.

신호음이 얼마가기도 전에 익숙한 여인이 전화를 받았다.

"나야."

─알아··· 전화한 거 보니 찾았나 보네?

"응."

─알았어······. 준비해 놓을게. 정확한 좌표만 보내.

"그래."

뚝.

임수민이 전화를 끊자 성수정은 물론 정순철도 지영을 신
기한 눈으로 바라봤다.

"왜요?"

"아니요, 참··· 여러 가지 신기하다 싶어서요. 그런 인연은

어디서 맺었습니까?"

"글쎄요? 정신 차려보니 옆에 있던데요?"

"하하……."

지영의 대답에 정순철 팀장은 그냥 웃음을 흘렸다. 그가 보기에 좀 전의 통화한 사람도 보통이 넘었다. 목소리를 들어보니 한국 사람인데, 회사에서도 접근이 힘든 블랙마켓을 대놓고 이용하는 사람이었다.

블랙마켓.

돈만 준비되면 대륙간 탄도미사일도 구해준다는 곳이 바로 블랙마켓이다. 그냥 비유가 그런 거 아니냐고? 아니, 진짜였다. 농담이 아니라, 진짜 돈만 있으면 미사일도 구해주는 곳이 바로 블랙마켓이었다.

근데 더욱 놀라운 게 있다.

'블랙마켓 운영자이자, 창시자가 바로 임수민이라는 점이지.'

사실 시리아 내 거점과 무기, 식량도 전부 임수민에게 돈을 지불하고, 그녀가 구해준 것들이었다. 전화 한 통이면 아마 그녀는 바로 용병을 구해 기지를 폭격하거나 구하러 올 수도 있을 것이다. 그러니 지영에겐 엄청난 원군이 있는 셈이었다. 지영이 말도 안 되는 이런 복수를 계획한데는 전부 믿는 구석이 있었던 셈이기도 했다. 그런 전폭적인 지원을 받으며, 이제 처절한 복수가 시작되려 하고 있었다.

시리아 다마스쿠스 중심지에서 북서쪽으로 올라가다 보면 바다와 맞닿은 지역이 나오고, 당연히 항구 지역이 나온다. 라타키아. 지중해와 연결되는 항구 도시의 이름이었다. 내전이 벌어지기 전까지만 해도 라타키아는 지중해와 중동 지역을 이어주는 요충지로써 서로의 문화가 넘나들며 예술과, 무역을 꽃 피웠던 항구였지만 지금은 거의 폐허에 가까웠다. 지영은 그런 라타키아 항구가 멀찍이 보이는 언덕에 서 있었다.

치익.

—정보대로 바다 위에서 신호가 잡혀요.

김지혜의 무전에 지영은 망원경으로 항구를 살펴봤다. 확실히 폐허가 된 항구에 어울리지 않는 화물선 한 척이 떠 있는 게 보였다. 하지만 화물선 주제에 화물은 어째 하나도 안 싣고 있는 것 같았다.

"무장 병력이군요."

곁에 있던 정순철의 말에 지영은 고개를 끄덕였다. 갑판 위로 소총을 소지한 이들이 보였다. 회색 터번에, 하얀 이슬람 전통 복장을 입고 있는 놈들을 보고 있자니 지영은 괜히 웃음이 나왔다. 전통 의상이다. 그러니 저런 옷을 입는 게 이상한 건 아니었다. 하지만 이런 야밤에는 정말 죽여달라고 양손을 들고 애원하는 거나 다름이 없는 복장이기도 했다. 하긴,

폭탄을 두르고 달려드는 놈들이니 저렇게 고집을 부리는 것도 이상할 게 없었다. 옆에 있던 안젤라가 배 사진과, 옆에 큼지막하게 적혀 있는 선박의 이름을 찍어 지정된 번호로 보내자, 10분이 지나기도 전에 함선의 설계도가 지영의 폰으로 날아왔다. 당연히 블랙마켓을 통해 얻은 정보였다.

지잉, 지잉.

"응."

─무장 병력은 100명 정도야.

"무장 수준은?"

─돌격 소총, 수류탄 만월도 정도? 너 테러하겠다고 너무 무리해서 자금난에 시달리고 있어서 탄알도 부족한 상태던데?

"그래? 알았어. 고맙다."

─뭘, 돈 받고 하는 건데.

"그래도, 앞으로도 잘 부탁한다. 우리 가족이랑 은재도."

지영의 조용한 말에 임수민이 나직하게 웃었다.

─그럴 필요도 없네요. 너 통장에 있던 돈 흐르는 거 보고 이미 다들 눈치챈 모양이더라.

"그래? 뭐, 나도 그럴 거라 예상은 했어. 그래도 혹시 모르니까 가드만 철저하게 부탁할게."

─그건 걱정 말고, 우리 애들 쫙 깔아놨으니까. 넌 얼른 마

무리하고 돌아오거나 해. 이번엔 이상하게 느낌이 별로야.

"난 괜찮은데?"

—아니, 꼭 우리한테 뭔 일이 벌어질 것 같단 예감이 든다고. 이제와는 다른… 끈적끈적한 게 느껴져.

"흠… 알았어. 혹시 무슨 일 생기면 바로 연락하고."

—응.

뚝.

전화를 끊은 지영은 팀원을 불러 화물선의 설계도를 확인했다. 선수, 선미부터 시작해 갑판, 선장실, 기관실 등등을 숙지했다.

지잉.

메시지를 확인하니, 새로운 정보가 들어와 있었다.

[모사브가 사용하는 휴대폰의 위치가 잡혔어. 놈은 지금 선장실에 있어.]

임수민의 메시지를 확인한 지영은 그 내용을 팀원에게 보여 줬다.

"놀랍네요."

"블랙마켓이니까요."

적당히 대답한 지영은 작전 내용을 다시 한번 확인했다.

"다른 놈들은 다 죽일 필요 없어요. 전투하기엔 위치가 별로니 모사브만 빠르게 제거하고 빠져나오는 걸로 해요. 진입 인원은 나, 정 팀장님, 성수정, 유리, 이렇게 넷이 들어갑니다.

안젤라는 저격 위치 잡고, 지혜 씨는 해상에서 대기해 주세요. 모사브 제거하면 바로 해상으로 탈출합니다."

각각의 대답이 들려왔다.

"작전이 틀어지거나 정해진 루트로 탈출하지 못할 땐 자력으로 탈출, 정해진 안가로 바로 오세요."

"네."

"알았어요."

각각의 대답을 들은 지영은 장비를 점검했다. 블랙마켓을 통해 산 장비는 치명적인 급소는 모두 가려지는 최첨단 장비였다.

머리에 쓴 헬멧은 탄을 튕겨낼 정도의 강도를 자랑한다. 물론, 탄환의 힘에 목이 핵! 꺾일 수도 있지만 그걸 버틸 근력은 충분히 만들어놓았다. 조끼에 주렁주렁 달린 탄창, 대검, 수류탄을 전부 점검한 지영은 무전기 버튼을 눌렀다.

"저격수 대기."

―대기.

이미 갑판이 훤히 보이는 곳에 자리를 잡은 안젤라의 대답이 들려왔다.

"백업조 대기."

―대기.

확실히 범상치 않은 강심장을 지닌 김지혜의 대답이 들려왔다. 두 사람의 대답 이후, 지영은 손짓으로 이동 신호를 보내곤 바로 움직였다. 사사사삭. 어둠을 뚫고 네 사람이 달리는데도 그 흔한 자박자박 소리조차 울리지 않았다.

선수 아래까지 이동한 지영은 고리가 달린 총을 치켜 올리곤 그대로 쐈다.

퉁……!

텅! 터더덩!

네 번의 상단부를 맞춰 고정될 때쯤, 정해진 대로, 안젤라의 저격이 시작됐다.

부슝……!

부슝……!

퍽! 퍼걱!

두 번의 저격 이후, 갑판이 갑자기 소란스러워졌다. 지영은 그 틈을 타 총기 옆에 달린 버튼을 눌렀다. 그러자 고리가 역으로 감기면서 지영의 몸이 붕 떠올랐다. 틱! 줄이 다 감기자 지영은 남은 손을 뻗어 갑판 난간을 잡고 몸을 끌어 올렸다. 갑판에서 소란이 벌어지자 경계를 서던 인원이 죄다 그쪽으로 몰려갔다.

하지만 그건 안젤라만 좋게 해주는 일이었다.

부슝! 부슝!

M82A1 반자동 바렛에서 날아가는 탄환이 갑판으로 몰려드

는 광신도들의 몸통이며, 대가리며 닥치는 대로 날려 버리기 시작했다.

"저격이다!"

"몸을 숨겨!"

그제야 저격임을 깨닫고 드럼통이며, 여기저기로 숨지만 철판 따위는 그대로 찢어버리는 대물 저격 머신 바렛 앞에서는 소용이 없었다.

픽픽 쓰러지는 놈들을 잠시 보던 지영은 다시 손을 들어 수신호를 보냈다. 2인 1조, 지영과 유리가 1조, 정순철과 성수정이 2조였다.

치익.

―모사브 확인. 지금 뒤로 돌아 통로 쪽으로 이동했습니다.

멀리서 상황을 주시 중이던 김지혜의 무전에 지영은 바로 움직였다. 통로의 위치는 이미 파악했다. 이대로 돌아서 달리면 들어가기 전에 잡을 수 있을 것이다. 소총을 겨눈 채로 지영이 먼저 움직이려는 찰나, 정순철이 먼저 지영을 앞서 나갔다.

빠르고 대담한 이동이었다.

휙! 푸슝! 퍽!

적이 나왔다가 정순철을 보고 놀랐을 때, 그땐 이미 정순철이 대가리를 갈겨 버린 뒤였다. 반응속도가 상당했다.

푸슝! 푸슝!

그리고 뒤에 있는 성수정의 움직임도 상당했다. 정순철의 총구 사각지대를 겨누고 움직이다가 적이 나오면 일말의 망설임도 없이 방아쇠를 당겼다. 원 샷, 원 킬이란 말이 딱 잘 어울렸다. 빠르게 이동할 때쯤 저 끝에서 모사브가 허겁지겁 달려오는 게 보였다. 선장실이 선미에 있는 특이한 구조라, 옆 통로로 오는데 시간이 더 걸린 것이다.

푸슝! 푸슝!

"악!"

정순철과 성수정이 한 방씩 날린 탄이 모사브의 어깨와 허벅지를 뚫었다. 정순철의 신호에 성수정이 이동해 모사브의 멱살을 잡고 끌고 왔다. 쉬웠다. 허무할 정도로. 하지만 아직 끝나지 않았다.

지영은 무전기에 손을 올렸다.

"백업조 지원."

―지원.

부아아앙!

통렬한 엔진 소리가 저 멀리서부터 들려오기 시작했다.

"저격조 지원."

―지원.

부슝! 부슝!

지영 쪽으로 오는 모든 놈들의 대가리며 몸통이 족족 터져 나갔다. 뒤에서 돌아오던 놈들도 코너를 도는 순간 유리의 소총에 머리가 뚫려 나갔다. 손발을 제대로 맞춰본 건 처음이지만, 워낙에 실력이 대단한 인간들이라 알아서 맞추고 있었다.

치익.

—1분 남았습니다.

사이즈가 좀 큰 고속정이지만 비싼 돈 주고 산 만큼, 속도는 가히 최고였다.

부슝! 부슝!

띵.

지영은 수류탄 하나를 꺼내 선실로 내려가는 통로로 던졌다.

콰웅……!

이걸로 선실에서 쉬던 놈들도 쉽게 못 나올 것이다. 욕설과 함께 몸뚱이가 박살 나는 소리가 조금은 멎어갈 때쯤, 김지혜의 무전이 다시 들렸다.

—내려오세요.

움직임은 신속했다.

모사브의 몸뚱이를 이미 결박한 성수정이 그대로 줄을 걸어 던졌고, 그녀부터 순차적으로 내려와 고속정에 탔다.

부으웅!

마지막으로 정순철이 타고나자 고속정은 굉음과 함께 물보라를 일으키며 대해로 빠져나갔다.

투두두! 투두두두!

배 위에서 그제야 뒤늦은 사격이 있었지만 스포츠카 저리가라 할 정도로 속력을 올린 고속정을 맞출 수는 없었다.

배가 까마득히 보일 때쯤에야 지영은 헬멧을 벗었다. 헬멧을 벗자 저 멀리, 해가 해수면의 끝자락에 해가 떠오르기 시작했다. 고속정은 정해진 루트로 한참을 달리다가 멈춰 섰다. 사방을 둘러봐도 바다밖에 보이지 않는 대해는, 지중해의 가장 안쪽이었다.

치익.

"후우……."

담배를 입에 문 지영은 모사브의 입에 쑤셔 박아놨던 천을 끄집어냈다.

"인샬라!"

피식.

피를 줄줄 흘리면서도, 신의 뜻대로! 란 말을 외치는 모사브를 보자 지영은 그냥 실소가 흘러나왔다. 이런 놈에게 당한 거다. 실제 지휘는 하미드 카솔라가 했지만, 이놈이 바로 그 윗선이었다.

즉, 명령을 내리고, 자금을 지원한 놈이란 소리였다.

이번 테러를 성공시켜 이제 IS의 중추로 갈 원대한 꿈을 품고 있던 개자식이 바로 이 새끼란 소리였다.

"사진으로만 보다가 이렇게 보니까 반가운데?"

턱수염이 덥수룩하고, 눈이며 코며, 입술에 귀까지 큼지막한 외모의 모사브는 이를 갈며 지영을 노려봤다. 하지만 지영은 그 눈빛을 가볍게 흘려냈다. 저딴 눈빛에 겁먹을 것 같았으면 이곳에는 아예 오지도 않았다.

철컥.

지영은 바로 글록을 꺼내 놈의 이마에 겨눴다.

"너는 반드시 신의 뜻대로 죽음을 피해 갈 수 없을 것이다!"

"그럼 그 신에게 가서 전해. 나중에 올라가서, 내가 대가리를 뚫어준다고."

지영의 유창한 아랍어에 모사브의 눈빛에 불길이 일었다. 자신의 믿는 신을 모욕했으니, 당연한 반응이었다. 하지만 지영의 눈빛은 여전히 서늘했다. 지들이 믿는 신 때문에, 남의 목숨을 벌레보다도 하찮게 여기는 족속들이다. 그들 소수가 가진 정의는, 수많은 다수에게는 절대적 악이었다.

"그리고 이게 니들이 말하는 신의 뜻대로, 인샬라다."

"알라 후 아크……!"

타앙!

퍽!

모사브의 이마가 뚫리더니, 분무기로 뿌린 것처럼 피 보라가 훅 일어났다.

첨벙!

바다로 뚝 떨어진 모사브에게 다가간 지영은 타앙! 타앙! 가슴과 목에 한 방씩 더 먹여주곤 등을 돌렸다. 잔혹한 손속. 지영의 그런 모습에 유리와 성수정은 신기하다는 듯이 씩 웃었고, 정순철은 고개를 절레절레 저었다. 김지혜는 천천히 배를 다시 출발시켰다. 지영은 물보라가 일어나는 뒤쪽으로 가서 철퍽 주저앉았다. 첫 번째 복수의 끝이다. 예상도 못 하고 있었기 때문에 너무나 싱거웠지만, 지영은 그럭저럭 기분이 나쁘지 않았다.

'이렇게 하나씩……. 이제 시작했으니까, 오래 걸리진 않을 거야.'

하나씩, 하나씩 끝내다 보면 다시 그 사람의 곁으로 돌아갈 수 있게 된다. 자신의 선택이 잘한 건지 잘못된 건지, 그건 아무래도 좋았다. 억울하게 죽어간 사람들, 그 사람들에게 최소한의 속죄를 하고 싶을 뿐이었다. 물론, 지영 스스로가 품은 복수심도 무시할 순 없었다. 이해해 달란 소리는 할 생각 없었다.

이번 복수로, 자신의 삶이 망가진다고 해도, 스스로 선택한

길이기 때문에 후회는 없었다.

부아앙!

엔진에 튄 물보라가 머리 위로 후두둑 떨어졌다. 마치 이제 그런 생각은 그만 하라는 것 같았다. 저 멀리 떠오르는 해를 이정표 삼아 고속정은 한참을 달렸고, 정해진 안가에 도착했다. 도크에 배를 대고 안가로 들어간 지영은 씻고 바로 간이침대에 누웠다. 지영은 폰을 꺼내 임수민에게 메시지를 보냈다.

내용은 작전완료. 그러자 잠시 뒤 바로 답장이 날아왔다.

[수고했어. 다음 작전 결정되면 알려줘.]

알았다고 답장을 적어 보낸 지영은 눈을 감았다.

그러자 수마가 왜 이리 늦었냐며 지영을 훅 덮쳐왔고, 지영은 반항하지 않고, 그대로 어둠에 의식을 맡겼다.

"아가씨, 오늘 보실 서류예요."

"고마워요, 이모."

지영과 함께하기로 했던 공간일 예정이었던 새로운 보금자리에서, 은재는 거의 모든 시간을 보냈다. 은솔학원은 이제 전문가들이 알아서 운영을 잘하고 있어서 최종 결제만 해주면 되기 때문에 굳이 밖으로 나갈 필요가 없었다. 물론 나가지 않는 이유가 그것이 전부인 것은 아니었다. 그날 이후, 알라 후 아크바를 외치던 테러범들이 집을 습격했던 이후, 은재는 밖으로 나갈 수가 없었다. 무서웠다. 언제 어디서 다시 칼을 들고 달려들지 몰라서. 자신에게 거의 돈을 쓰지 않는 은재지만, 집 주변으로만 경호를 스무 명이나 두었다. 그걸로도 모자라 김은채가 따로 대성그룹 경호 팀을 붙여줬다.

하지만 은재는 그래도 무서웠다.

그날 일을, 은재는 똑똑히 기억했다.

피 칠갑을 한 테러범이, 마찬가지로 피가 뚝뚝 떨어지는 만월도를 들고, 자신을 향해 걸어오던 그 순간을, 누런 이를 드러내고, 광기와 성욕에 사로잡혀 은재를 향해 희번덕 웃던 그 순간을, 은재는 아주 똑똑히 기억했다.

트라우마로 남았다.

그 장면은 매일 밤 꿈에 나타나 은재를 괴롭혔다. 하지만 은재는 언제나 싸웠다. 약물에 의지하지 않고, 악몽을 꾸면서도 은재는 하루하루를 버텨냈다. 은재는 삶의 의미를 잃지 않았다. 은재가 그런 테러를 당하던 시간, 대성 프리미엄 백화점에서 테러가 있었고, 그 테러는 지영을 노리고 완벽하게 실행됐다.

건물이 무너졌고, 수많은 사람이 아래에 깔렸다. 연인, 강지영은 그 테러의 순간에서도 살아남았다. 하지만 자신 때문에 죽은 수많은 사람들에 대한 죄책감을 이겨내지 못했고, 병실에서 목을 매달았다.

'라고 기사가 났지만⋯⋯.'

정작 지영의 시신은 누구도 확인하지 못했다.

아니, 강상만과 임미정이 확인을 했다고 했다.

하지만 아주 나중에, 나중에 조용히 얘기를 해줬다. 지영이 아닌 것 같았다고. 피부 감촉이며, 의심의 여지가 없는 '시체'였지만, 이상하게도 지영의 계좌에 든 돈들이 움직이고 있다고, 생각해 보면, 흉터가 너무 옅었다고, 그렇게 얘기를 해주고 갔다.

은재는 똑똑한 아이였다.

그 얘기를 듣는 순간, 그 얘기는 그 누구에게도 발설해서는 안 되는 얘기임을 깨달았고, 반대로 지영이 지금 뭘 하고 있는지도 깨달았다.

세상은 배우, 강지영의 죽음을 공표했다. 대한민국의 대학병원에서는 첫 번째인 대성대학병원이 직접 검증을 했다고 했으니, 이는 의심의 여지가 없었다. 하지만 그런다 해도, 의구심은 여전했다.

사람들은 잘 모르지만 그녀가 아는 강지영은 맞았다고 아파 엉엉 우는 스타일이 절대로 아니었다. 오히려 그 반대였다. 한 대 맞으면, 두 대를 더 아프게 때리는 게 지영이었다. 그런 지영이 죄책감으로 인한 자살을? 은재가 아는 지영이라면 절대로 하지 않을 행동이었다. 자살이란 희대의 사기극으로 지영은 몸을 감췄다.

왜 그랬을까?

답은 굳이 길게 생각하지 않아도 뻔했다.

극, 극극극.

은재는 팬으로 노트에 한 단어를 썼다.

—복수.

그 단어를 빤히 보던 은재는 희미한 미소를 지었다.

"그래, 이것밖에 없지……."

은재는 웃었다.

복수란 단어는 어떻게 봐도 지극히 폭력적인 단어였다. 게다가 지영의 상황이라면 솔직히 말할 것도 없었다. 죽고, 죽이는, 그런 상황이 아마 펼쳐질 것이다. 하지만 그럼에도, 그걸 알면서도 은재는 웃었다.

그렇게 해서 너의 마음이 편해진다면.

"나는 괜찮아. 기다릴 수 있어."

이전에 네가 날 기다려 줬던 것처럼, 이번엔 내가 널 기다릴게.

은재는 그렇게 중얼거리며 웃었다.

아무것도 상관없었다.

지영이 사람을 죽이기 위해, 자신의 존재를 죽음으로 위장하고, 그 척박한 땅으로 다시 갔다. 하지만 은재는 알고 있었다. 아니, 정확하게는 눈치채고 있다는 게 맞을 거다. 하이재킹을 당하고, 이후 5년간 자신의 연인이 무슨 짓을 했는지.

그때도, 좀 전에 노트에 적은 첫 번째 단어가 가진 뜻을 관철했을 것이다. 당시 지영의 매니저였던 서소정이란 여자를 위해.

몇 명을 죽였는지는 모른다.

하지만 결코 적은 숫자는 아니라고 생각했다.

그리고 이번에도 마찬가지였다.

수많은 목숨을 복수라는 단어 아래 손으로, 칼로, 총으로 떨어뜨리고 있을 것이다.

"그래도 괜찮으니까. 돌아만 와."

후련하게, 모두 풀고 와.

"평생 감옥에 있어야 된다 해도, 그래도 괜찮으니까."

은재는 웃었다.

지영이 보면 항상 같이 따뜻하게 웃어주던 햇살을 닮은 미소였다.

은재는 노트를 덮었다.

지잉.

[어디야.]

김은채에게서 온 메시지에 집이라고 답장을 적어 보낸 은재는 서류를 펼쳤다. 2학기부터 학생을 10명 더 받아도 될 것 같다는 내용이 적힌 공문이 있었고, 은재는 깔끔하게 유은재. 하고 이름을 적어 사인을 했다.

이걸로 10명을 더 받아서, 이제는 은솔학원에 100명의 아이들이 함께할 수 있게 됐다. 만족스러웠다. 행복했다. 점점 늘어가는 아이들을 보면 지영의 일과는 별개로 즐거웠다. 힘든 아이들을 보살피는 것은 은재의 꿈이었다. 지영이 후원했던 꿈이기도 했다. 그래서 은재는 이 꿈을, 지영이 돌아올 때까지 잘 유지할 생각이었다. 은솔학원에 학생들이 점점 많아지면서, 기숙사가 하나 더 필요하다는 의견에도 사인을 한 은재는 몇몇 서류에도 사인을 더 하고, 한쪽으로 치웠다.

그리곤 노트북을 펼쳤다.

비밀번호를 입력하자 아무것도 없는 순백의 바탕화면이 나왔다. 은재는 마우스를 움직여 한글파일 하나를 열었다.

─그대가 믿는 것은, 진실로 신인가?

매우 철학적인 제목의 문서였다.

은재는 한동안 쓰던 '솔'의 차기작을 멈췄고, 그날 이후 이 작품에 몰두하기 시작했다. 은재는 진실로 궁금했다. 그들이 믿는 신이 정말로 사람을 죽이라 했는지, 그들이 믿는 신이 정말로 자신 또한 죽으라 했는지. 만약 정말로 그리 말했다면, 그 존재는 신인지, 악마인지. 그게 너무나 궁금했다.

그래서 은재는 웬만해서는 건드리지 않는 성역을 침범하기로 결정했다. 갈망이 있어서 그런지 반년 만에 벌써 500페이지에 가까운 분량이 완성이 됐다. 이 안에는 신에 대한 의구심이 가득했다.

믿지 않는다.

믿을 수 없다.

가 아닌.

증명할 수 있는가.

진실로 그리 말했는가.

의문을 표하는 분위기로 써내려간 글은 출간이 된다면⋯ 아마 특정 종교계에서 난리를 칠 게 분명한 내용들이었다. 하지만 그래도 은재는 이 책을 반드시 낼 생각이었다. 물어보고 싶었다.

그대들이 믿는 신이, 정말로 그러한지.

희생과 약탈, 폭력과 억압을 원했는지.

그 끝에, 진실된 구원은 있었는지.

그렇게 물어보고 싶었다.

타다다닥.

언제나 따뜻한 은재답지 않게, 차갑게 굳은 얼굴로 한참을 글을 쓰던 은재가 노트북을 덮었을 때는 해가 뉘엿뉘엿 질 때쯤이었다. 밀려오는 요의와 갈증에 화장실에 갔다가 거실로 나간 은재는 거실 소파에서 독한 보드카를 마시고 있는 김은채를 보고 반가운 미소를 지었다.

"언니 언제 왔어?"

"나? 좀 전에. 너 글 쓰고 있다고 해서 방해 안 했어."

"흐흐, 올 때 톡 하지."

"했거든?"

"아, 그래?"

담요 위에 올려놓은 폰을 확인해 보니 확실히 지금 간다. 하고 김은채에게 메시지가 와 있었다.

"흐흐, 일하느라 못 봤어."

"거봐, 그러면서 무슨."

"언니는 오늘 일 다 끝난 거야?"

"그럼, 이 언니가 매일 이렇게 술을 마셔도 할 일은 확실히 끝낸 뒤에 마신단다."

가까이 다가온 은재를 부축해 소파에 앉힌 김은채는 리모컨을 들어 TV를 켰다. 삐리릭, 소리를 낸 뒤에야 켜진 TV는 뉴스 채널에 맞춰져 있었다.

─네, 국제 소식입니다. 시리아 북동쪽 라타키아에서 짧은

교전이 있었다는 소식입니다. 현지 시간 새벽 다섯 시경 한 시민이 제보한 영상에 따르면 항구에 정박 중이던 화물선에서 갑자기 소총의 불빛으로 보이는 빛들이 번쩍였고 이 빛은 약… 자세한 내용은 현지 특파원 이순득 기자가 전하겠습니다. 이순득 기자?

시리아?

은재의 눈빛은 물론 김은채도 차갑게 가라앉은 눈빛으로 화면을 노려봤다.

―네, 이순득 기자입니다.

―자세한 내용 설명 부탁드립니다.

―네. 현지 시간 새벽 다섯 시경, 영상을 보시는 바와 같이 라타키아의 항구에 정박 중이던 한 화물선에서 교전이 벌어졌습니다. 교전은 약 10분 정도 이루어졌고, 전문가들은 이를 특수부대의 작전 수행이 아니었을까 유추하고 있습니다. 또 다른 소식에 위하면 갑판 위에서 살해된 이들의 복장과, 안에서 나온 내용물 중 테러 계획서가 있었던 걸로 보아 이들이 이슬람 극렬주의파 중 하나가 아닌가 하는 의견이 나오고 있습니다.

―그렇군요. 그럼 미군의 작전일까요?

―아무래도 그럴 가능성이 가장 높습니다만, 대한민국의 특수부대가 움직였을 가능성도 배제할 수는 없습니다. 아시

다시피 작년 대성 백화점 테러로 인해 대한민국 이재성 대통령은 IS와의 전면전을 예고한 적이 있습니다. 이는 그 시발점일 가능성도 충분히 있습니다.

―그렇군요. 일각에선 우려의 목소리도 나오고 있다고 하는데요.

―네, 그렇습니다. IS는 아시다시피 테러 조직에 가깝습니다. 이들이 성전을 선포하고, 한국에서 또 다른 테러를 일으킬 가능성이 있는 상태라 일각에선 우려의 목소리가 흘러나오고 있습니다.

―그래도 청와대나 군에서 특별한 발표는 없었으니 미군의 작전일 가능성이 더 높지 않을까요?

―맞습니다. 특수작전이었다는 가정을 한다면 뒤늦게 발표를 염두에……

기자와 앵커의 대화를 듣던 중, 김은채가 사나운 목소리를 흘려냈다.

"지랄 염병들 하네……. 이미 테러를 당했는데 보복전을 펼쳤다고 뭐? 또 다른 테러? 그럼 먼저 테러에 희생당한 사람들은 어쩌라고?"

"……."

"지들만 아는 이기적인 새끼들……."

김은채의 표정은, 눈앞에 만약 IS와 전쟁 반대! 를 외치는 이가 있다면 아예 눈빛만으로도 찢어버릴 수 있을 것 같을 정도로 표독스러웠다. 은재가 그날을 기억하듯, 김은채도 그날을 기억했다. 사장과 5분쯤 얘기를 나누고 백화점 뒷문으로 빠져나와 차에 올라타려는 순간, 그 순간이었다.

천지가 뒤흔들리는 굉음과 함께, 백화점 유리창이 파사삭! 깨져 죄다 날아가 버렸고, 우르릉! 소리를 내면서 건물 내부 바닥 몇 개가 주저앉았다. 그리고… 아비규환의 지옥이 펼쳐졌다.

그 장면을 김은채는 모두 지켜봤다.

독한 그녀답게, 폭탄이 터지고 바닥이 무너지는데도 머리만 감싼 채 건물을 지켜봤기 때문이었다.

그래서 누구보다, 그 당시를 제대로 기억했다.

백화점 앞 사거리는 몇십 중 추돌 사고가 났다. 그곳에서 다친 시민들도 무시 못 했다. 건물 안은? 들어갈 엄두조차 나지 않았다. 가장 먼저 119에 신고한 것도 김은채였다.

삐삐삐!

엥엥엥!

차량에서 나는 경고 소리들과 시민들의 절규, 울부짖음은 흡사 전쟁이 터진 것과도 같았다. 재난 영화의 한 장면? 아니, 아니었다. 현실은 훨씬 더 가혹하고, 처참했다. 차량에서, 도로에서 다친 시민들만 해도 도저히 말로 설명이 불가능할 정도였다. 그걸, 김은채는 모두 지켜봤다.

그렇기 때문에 일각에서 우려를 표한다는 말에 이를 갈았다.

"하여간 저런 것……."

"……."

은재를 돌아봤던 김은채는 말을 잇지 못했다.

차갑게, 서리가 내린 얼굴, 눈빛. 장담컨대 김은채도 정말 처음 보는 표정이었다.

그녀 또한, 분노하고 있었다.

김은채는 그런 은재를 가만히 바라봤다. 두 눈에 또렷하게 올라온 분노는 그녀에게도 이질적이었기 때문에 적잖이 당황스러웠지만, 언니이다 보니 그런 모습을 내보일 순 없었다. 대신 조용히 은재를 안았다.

"은재야."

"응, 언니."

"우리 진정 좀 할까?"

"…응."

은재는 김은채의 말에 가만히 고개를 끄덕였다. 하지만 분노가 잠잠해진 건 아니었다. 시선은 여전히 TV를 향해 있었고, 눈빛 또한 아직 명확한 분노를 담고 있었다. 은재는 미웠다. 처음으로 사람이 미웠다. 은재는 천성 탓인 것도 있지만,

사람을 미워하지 않으려고 많이 노력했었다.

은재도 사람이다.

미워하는 감정 또한 당연히 가지고 있었다. 하지만 그런 감정 자체가 자신을 더욱 더 힘들게 한다는 걸 이미 어렸을 적에 깨달아서 웬만해서는 그러지 않으려고 노력했었다. 그래서였다. 김은채가 그렇게 은재에게 모질게 대했어도 은재는 김은채를 한 번도 미워한 적이 없었다. 원망은 좀 했었지만, 그건 그때뿐이었다. 그래서 궁금해했던 것이다. 그렇게 잘해줘놓고, 그 모든 게 진심이었으면서, 왜 그러는지. 김은채와 척을 지던 지영에게도 그녀를 미워하지 말라고 부탁했을 정도였다.

그런 유은재가, 지금은 사람을 향해 명백한 적의를 던지고 있었다. 이유야 당연히 본인들만 생각하는 이기적인 마음 때문이지만, 이런 변화가 나온 것 자체가 연인 강지영 때문이었다. 남자 때문에 안 좋은 쪽으로 변했지만, 김은채는 은재도 사람이니까 그건 당연하다고 생각했다.

"참자. 다른 사람들 다 안 참아도, 너는 참아야 돼."

"왜?"

은재는 진심으로 궁금한 얼굴로 김은채를 돌아봤다.

"바라지 않을 테니까."

"누가? 지영이가?"

"응."

"…그러겠다. 지영이가 안 좋아하겠네."

지영이 살아 있을 거라 생각하는 사람은 몇 명 안 된다. 지영의 가족, 은재, 그리고 김은채까지, 딱 이 정도였다. 김은채의 경우는 스스로 알아낸 것에 가까웠다. 지영의 사망 소식을 들었던 그녀는 장례식이 끝나자 바로 지영의 계좌에 있던 자금을 추적했다. 당연히 개인의 계좌를 조회하는 건 정상적인 방법으로 불가능하지만, 그녀가 누군가.

대한민국에 몇 안 되는 제국의 최상층부에 사는 여자다. 사용할 수 있는 방법이 정말로 무궁무진한 여자라는 소리였다. 그녀는 지영의 자금이 움직이는 걸 보고, 특히 홍콩 쪽으로 빠져나가는 걸 보고는 단번에 지영의 자살이 조작되었다는 걸 눈치챘다. 애초에 김은채는 지영의 자살을 곧이곧대로 믿지도 않았다.

강지영이 누군가.

제국의 주인이 될 가능성이 가장 높은 자신에게도 이를 들이대던 인간이다.

'아니, 이 정도가 아니지.'

5년 만에 귀환했을 때, 병원에서 다시 만났을 때 그의 눈빛을 김은채는 아직도 똑똑히 기억한다. 허무함과, 처절한 복수를 했을 것이라 암시하는 말을 던지면서도 자신을 협박할 때 그의 눈빛은… 미치도록 무서웠다.

천하에 무서울 게 없던 김은채를 뱀 앞에 개구리로 만들 만큼 소름끼쳤다. 게다가 더욱 무서웠던 건 실제로 그의 실력을 봤을 때다. 송지원이 납치당하고, 지영이 자력으로 홍콩 마피아들을 찾고, 그 현장을 덮쳤을 때, 어둠 속이라 제대로 보지는 못했지만 폐공장 안에서 무슨 일이 벌어지는지는 솔직히 안 봐도 비디오였다. 상황이 종료되고 임수민의 동생들이 마피아들을 끌고 나왔을 때, 그중에는 이미 죽은 자도 있었다. 그게 끝이 아니다. 그 일을 주도한 이성준을 계속해서 주시했던 건 지영만이 아니었다.

언제 자신을 노릴지 모르는 상태라 김은채도 어둠의 루트를 써서 이성준을 지켜보고 있었다. 그때 들었던 보고로는 자신 말고 이성준을 감시하는 이들이 있다는 것, 이성준이 무슨 짓을 저지르려는 행동을 시작했다는 것, 그리고… 어느 순간 이성준이 저격으로 죽었다는 것, 이렇게 세 가지였다.

김은채는 단번에 알았다.

이성준의 타깃이 누구였는지, 그리고 그 타깃이 결국은 이성준을 죽였다는 것까지.

'그렇게 단호한 손속을 가진 강지영이란 인간이 자살을 했다고? 개도 안 믿을 소리지.'

희망의 아이콘이지만, 그에게는 사실 다른 수식어가 하나 더 있다. 바로 불운의 아이콘. 한 사람이 겪기에는 너무나 파란만장한 삶을 너무 어려서부터 겪어왔다. 시시때때로 터지는 굵직한 사건 사고들을 보자면 진짜 사람의 인생이 이래도 되나 싶을 정도로 처절했다. 그러나 그 모든 걸 이겨냈기에, 희망의 아이콘이란 타이틀을 계속 유지했던 지영이었다. 물론, 그 내면에 무슨 일이 벌어지고 있는지는 아는 사람만 알고 있었다. 그리고 김은채는 그중 한 명이었다.

'너도 알고 있지?'

김은채는 얘기하지 않았다.

언제나 에둘러 얘기할 뿐, 직접적으로 지영이 살아 있다는 암시를 던지진 않았다. 하지만 재밌게도 은채는 그 암시에 긍정도, 부정도 하지 않았다. 언제나 중립적이었다. 해석하기에 따라 양방향 어느 곳으로도 움직일 수 있는 답을 내놨다.

김은채는 자리에서 일어났다. 그리곤 주방으로 가 자신의 술이 가득 담긴 주류 냉장고를 열어, 독한 보드카 한 병을 얼음과 함께 꺼내 와 테이블에 세팅했다.

"화가 나고 우울할 땐 술이 최고지. 한잔할래?"

"언니는 술 너무 좋아해. 뭐든지 술로 풀려는 경향도 있고. 언니 그러다 알코올 중독자 된다?"

"되면 뭐 어때. 일만 잘하면 되는 거지. 술 마시고 사고만 안 치면 되는 거고. 너 언니가 술 마시고 사고 친 거 본 적 있니?"

"아니, 없지. 흐흐."

"그런데 왜 이것아."

"흐흐, 언니 걱정은 동생이 하는 거지."

피식.

"퍽이나."

그렇게 대답하곤 서로 낄낄거리고 웃었다. 하지만 두 사람 다 알고 있었다. 이 웃음 자체가 분위기를 전환시키려는 서로의 노력이라는 것을.

쪼르르.

얼음이 가득 담긴 고풍스러운 잔에 황갈색 보드카가 가득 담겼다.

"안주 좀 내 올까?"

김은채가 그렇게 말하는 순간, 유령처럼 다가온 유선정이 따각, 테이블 위에 접시 두 개를 내려놓고 사라졌다.

흠칫! 그리고 그 때문에 놀란 김은채가 몸을 떨었다.

"아 좀……! 유 실장, 기척 좀 내고 다녀요!"

"죄송합니다, 아가씨."

"죄송하면 좀좀! 기척 좀좀!"

"네, 아가씨."

스륵.

다시 유선정이 사라지자 김은채는 머리를 쓸어 넘기고는 키

득키득 거리는 은재에게 잔을 들어올렸다.

"건배할까?"

"흐흐. 뭐로 건배해?"

"음… 남겨진 자를 위하여?"

"아… 개우-울해!"

"뭐? 이것이 그런 말은 누구한테 배웠어!"

"인터넷?"

"어후, 너 한 번만 더 그런 말 쓰면 진짜 언니한테 혼난다!"

"흐흐, 싫은데? 쓸 건데?"

그렇게 대답한 은재가 얼른 잔을 김은채의 잔에 부딪쳤다.

쨍.

유리잔끼리 부딪치며 맑은 소리가 울렸지만 TV 속 앵커가
다른 소식을 전하는 소리에 먹혀 쓸쓸히 사라졌다. 투닥투닥
거리는 소리도 마찬가지였다. 이상하게도 쓸쓸하게, 크지 않
은 앵커의 목소리에 먹혀 사라졌다. 그리고 그건, 늦은 밤, 술
자리가 끝날 때까지 계속 됐다. 김은채가 돌아가고 혼자 침대
에 누운 은재는 웃었다. 하지만… 눈에서는 눈물이 흐르고 있
었다.

"보고 싶어……."

다행히 이 혼잣말은 방 안을 오랫동안 맴돌았다.

밝게 웃어도, 분노하고, 화가 나도, 은재는 그가 보고 싶었다.

미치도록.

*　　　　*　　　　*

뭐든지 한 번이 어려운 법, 두 번째는 쉽다. 한번 손발이 맞아가기 시작하자 잘 물린 톱니바퀴처럼 거침없이 돌아가기 시작했다.

부슝! 부슝! 부슝!

펑! 퍼펑!

지영은 바위 뒤에 숨어서 저 멀리서 들려오는 총성에 씩 웃었다. 안젤라의 바렛이 내는 소리로 웬만한 철판은 종잇장처럼 찢는 탄환이 사막을 가로질러 오는 무장트럭 세 대의 바퀴를 제대로 맞혔다.

타이어가 터지자 갑자기 중심을 잃은 트럭이 제각각 길에서 벗어나 뒤집히거나, 멈춰 섰다. 연기를 내뿜는 트럭에서 반군들이 줄줄이 내렸다. 지영은 그놈들을 보며 피식 웃었다. 저격이 있었다는 걸 알면서도 내린 놈들이다. 그리고 그걸 모를 정도로 멍청하지 않을 것이다. 내린 이유는 딱 하나.

"내리라고 했겠지."

저 반군들을 움직이는 카림이라는 놈이 말이다.

이놈은 모사브의 동료다.

친우, 라고 할 수도 있었다.

그리고 모사브 같은 놈과 친우이듯이, 굉장히 악질인 놈이었다. 이놈이 하는 일은 마을을 습격해 여자들과 아이들을 납치해 파는 역할을 한다. 그렇게 벌어들인 돈은 모사브가 계획하는 테러에 이용된다.

즉, 자금줄이란 소리다.

오늘도 놈은 알레포 근처의 마을을 약탈하러 가는 중이었다. 이 정보는 아마드를 통해 들어온 정보였고, 지영은 당연히 사방이 텅 빈 이곳을 작전 장소로 잡고 대기 중이었다. 아마드의 정보는 확실했고, 지금 카림은 악독한 새끼답게 지금 자신들을 노리고 저격이 있었는데도 부하들을 차에서 내리게했다. 지영은 무전기 버튼을 꾹 눌렀다.

치익.

"전멸전입니다. 모조리 죽이세요. 카림 그 새끼는 내버려 두고."

칙.

—라져.

—위.

—네.

—알겠어요.

안젤라를 포함해 유리, 성수정, 정순철의 대답이 연이어 들려왔다. 지영은 스코프에 다시 눈을 가져다 댔다. 차에서 내린 놈들이 벌판을 향해 흩어지는 게 보였다. 이놈들은 알까? 이곳을 지나가는 게 확정되었을 때부터 이미 요단강을 건너는 나룻배를 예약한 거나 다름없다는 사실을?

"아마 모르겠지."

조용히 중얼거린 지영은 방아쇠를 당겼다.

부슝……!

어깨에 둔중한 충격이 밀려왔다.

철컥.

m24의 정밀도와, 지영의 사격이 도망가던 반군의 등판을 그대로 뚫어버렸다. 그게 신호였다. 각 방위를 잡고 몸을 숨긴 다섯이, 반군을 향해 무자비한 저격을 가했다. 지영도 하나씩, 확실하게 반군을 그들이 예약한 나룻배로 보냈다.

철컥, 부슝……! 철컥, 부슝……!

좌우, 소총까지 버리고 도망가는 그 너머에서도 계속해서 공기를 찢는 소리가 들려왔다. 그럴 때마다 반군은 착실하게 풀썩, 풀썩 쓰러졌다.

"이 인간 대체 정체가 뭐야?"

안젤라는 피식 웃으며 다시금 다른 목표를 노렸다. 그녀가 애정하는 바렛이 연달아 불을 뿜었다. 연사력은 좋지만 정밀도가 떨어지는 바렛이다. 하지만 그녀는 바렛을 장난감처럼 다뤘다. 명중률?

일곱 살 때부터 총기를 만졌던 그녀다.

프랑스 최대 갱단 두목의 사생아로 태어나 살기 위해 총을 쥐었던 그녀는 결국엔 어둠에 동참했다. 하지만 그걸 후회하지 않았다. 살인, 그건 그녀에게 너무나 익숙했기 때문이었다. 그러다 지영을 만났다.

자신들에게 의뢰가 들어왔고, 거절했다. 그 결과 미친 광신들의 표적이 되었고, 열받은 그녀는 유리와 함께 놈들의 본거지를 조사해서 지영에게 넘겨 버렸다. 그게 시작이었다. 배우 강지영과의 인연은.

사실 처음엔 그냥 싸움 좀 하는 배우인 줄 알았다. 나름 조사를 해봤지만 워낙에 베일에 숨겨져 있어 제대로 파악이 불가능했던 것이다. 그런데 지금 보니?

"이건 뭐… 완전 괴물이네."

m24가 명중도가 좋다고 해도, 초심자라면 절대로 저렇게 한 방에 하나씩 골로 보내진 못한다. 트럭 세 대에서 내린 40명가량의 반군이 모조리 땅바닥에 처박히는 데 걸린 시간은 고작 10분 남짓이었다.

하지만 그녀는 알았다.

아직 끝나지 않았다는 걸.

"자, 슬슬 나오렴. 이 누나 슬슬 배고프단다. 후후."

스코프로 중간에 있는 트럭을 지켜보며 안젤라가 그렇게 중얼거리기 무섭게, 트럭 보조석이 벌컥 열리더니 하얀 무슬림 복장을 한 남자가 내렸다. 카림이었다. 놈은 양손을 번쩍 들고 사방을 미친 듯이 돌아보며 뭐라고 외쳤다.

부숭……!

퍼걱!

그때 놈의 팔에서 그대로 붉은 피가 튀었다.

"끄아악! 끄아아아……!"

놈이 팔을 부여잡고 악을 쓰는 게 보였다. 안젤라는 이번 저격이 당연히 누구의 작품인지 알고 있었다.

"몸통도 아니고 손이라……."

그것도 정확히 폰을 쥔 손의 손목과 팔목의 중간을 노렸다. 물론 그 정도야 안젤라도 가능하다. 하지만 지영이 저 정도의 실력을 갖추고 있는 건 솔직히 이해가 힘들었다. 하지만 잠시 뒤, 그녀는 뭐 어때 하는 심정이 됐다.

"즐거우면 됐지……. 후후."

그녀는 영화를 감상하는 것처럼 턱을 괴고 카림을 바라봤다.

부숭……!

퍽!

"아아… 악!"

이번엔 허벅지였다. 그것도 손과는 반대쪽 허벅지. 이걸로 놈은 남은 손으로 관통당한 손을 감싸야 할지, 허벅지를 감싸야 할지 고민이 될 것이다. 바닥에 쓰러진 놈은 다릴 질질 끌며 차로 다가갔다. 그런데 어쩐지 저격은 없었다. 하지만 안젤라는 알 것 같았다. 왜 기다리는지.

놈이 악착같이 손을 뻗어 열린 조수석 문을 잡았을 때였다.

부슝……!

텅!

"끄아악……!"

손잡이를 그대로 맞춘 지영의 저격이 놈의 손가락을 뭉텅이로 끊어버렸다. 잔혹한 손속이었다. 하지만 누구도 지영의 손속을 잔인하다 생각하지 않았다.

"으아! 으아악!"

부슝!

피웃!

악을 쓰는 놈의 귀가 그대로 떨어져 나갔다. 그걸 보고는 안젤라도 놀랐다. 얼굴을 맞추려고 했는데, 빗맞은 걸까? 말도 안 된다. 제대로 노리고 갈긴 거다. 덜덜 떨던 놈이 허리춤에서 권총을 꺼냈다.

자살하려는 거다.

이슬람 율법에 위배되는 행동이지만 놈은 지영이 자신을 가지고 논다는 것을 파악했고, 절대로 자신을 살려두지 않으리라는 것도 깨달았다. 그렇기 때문에 얼른, 얼른 먼저 자신의 의지로 죽으려 한 행동이지만……. 지영이 그걸 두고 볼 리가 없었다.

부슝!

퍽!

"끄악!"

이번엔 정확히 덜덜 떨며 총을 들어 올리는 팔의 손목을 맞췄다. 손목이 거의 끊어져 너덜너덜 흔들렸다.

"끝났네."

저 정도 상처면 그대로 내버려 둬도 과다 출혈로 무조건 죽는다. 그러니 저쯤 되면 오히려 자신을 죽여주길 바랄 것이다. 하지만 지영에게 자비는 없었다. 1분, 10분, 1시간. 지영은 놈이 트럭에 기댄 채 천천히 죽어가는 걸 지켜봤다. 그리고 마침내 놈의 목이 툭 꺾였을 때, 부슝……!

퍽! 대가리를 날려 버렸다.

"어머, 무서워라."

치익.

─철수합니다.

담담한 그 말에 안젤라는 어쩐지 소름이 돋는 것 같았다.

하지만 이미 얼굴은 흥분 가득한 표정으로 웃고 있었다.

"위."

짧게 대답한 안젤라는 이어서, 총기를 챙겼다.

오금이 저릿저릿, 안젤라는 오늘은 이렇게 달아오른 몸으로 그냥 자긴 글렀다는 걸 직감했다.

Chapter100
사신의 진노

아마드는 놀랐다.

그를 협업하는 정보통에 따르면 벌써 모사브와 카림이 흔적
도 없이 지워졌다는 소식을 은밀히 알려왔다.

'허, 이제 고작 일주일이 지났을 뿐이데······.'

두 번 다시 마주치기 싫은 사신이 자신을 찾아온 지 이제
정확히 일주일 정도가 지났을 뿐이었다. 그런데 이틀 뒤, 모사
브가 죽었고, 다시 어제 카림이 죽었다. 물론 카림에 대한 정
보는 자신이 그가 정해준 사이트에 올리긴 했다. 제아무리 신
에 미쳤다고 해도 전부가 그런 건 아니었다. 어떻게 100이면

100, 전부 광신도일 수가 있을까. 당연히 살길을 도모하는, 일부 정신이 트인 반군에게 받은 정보였다. 정보를 확인할 틈은 없었다. 당장 다음 날이기도 했고, 어차피 그가 자신 말고 다른 곳에서도 정보를 얻는 것 같았기 때문이다.

아마드는 메일로 들어와 있는 영상을 클릭할까 말까 고민했다. 이 영상이 무슨 영상인지야 안 봐도 뻔했다. 카림의 처참한 시체가 동봉되어 있는 메일이니 아마도 어제의 영상일 가능성이 높았다.

고민하던 아마드는 결국 영상을 열었다.

카메라는 아주 멀리서 찍은 것 같았다. 작은 점처럼 보이는 트럭 세 대가 지나갔고, 잠시 뒤에 거의 동시에 트럭이 흔들렸다. 그다음 무장반군들이 내렸다. 그때부터였다. 움직이던 반군들이 갑자기 픽픽 쓰러진 것은. 소리는 나지 않았지만 아마드는 원거리 저격을 확신했다. 반군들이 놀라 여기저기 흩어졌지만 애초에 허허벌판이었다. 그리고 그 벌판을 둘러싸고 있는 언덕에서 저격이 이루어졌을 것이다.

'최소 셋 이상.'

한쪽에서, 한 명만 저격을 했으면 트럭 뒤에 숨은 놈들은 타깃에서 벗어났어야 했지만 그러지 못했다. 엎드려 있어도 그냥 등판을 뚫어버렸다. 다시 트럭에 올라타려는 놈들도 마찬가지였다. 그런 놈들은 가장 먼저 타깃이 되어 짐승 밥이 됐다.

아마드는 영상을 다 돌려보지도 않았는데 다시 처음으로 돌렸다. 그리곤 바닥을 집중적으로 살폈다.

흙이 튀는 장면이 하나도 없었다.

"미친……."

아니, 있기는 있었는데 그 장면은 전부 타깃을 관통한 이후에 땅에 박혔을 때뿐이었다. 이게 뜻하는 건, 전부 일당백의 저격 솜씨를 지녔다는 뜻이었다. 아마드는 다시금 영상을 살폈다. 최소 셋이었는데, 각도를 보니 저격수가 둘은 더 있는 것 같았다.

"특급 저격수 다섯이라……."

이러면 답도 안 나온다.

솔직히 말하면 아마드 본인도 저 정도 실력자 한 명만 더 붙여달라고 했으면, 카림은 반드시 죽일 수 있었다. 물론 빠져 나오는 것은 예외지만 말이다. 그런데 저격 솜씨가 자신보다 더 좋은 스나이퍼가 다섯이다.

그럼 트럭에 타고 있던 반군 따위 지워 버리는 거야 일도 아니었다. 카림이 결국 나왔다. 두 손을 들고 고래고래 뭐라 소리치지만 아마드는 대충 뭐라고 하는지 알 것 같았다. 그는 잔악하지만 겁도 많은 인간이다.

"아마 협상을 하려고 했겠지……."

하지만 협상은 없었다.

손부터 시작해서, 한 방향에서 날아온 저격이 카림을 서서히 죽음으로 몰아넣었다. 그리고 과다 출혈로 죽기 직전에, 대가리를 날려 버렸다.

탁.

아마드는 그걸 끝으로 영상을 완벽하게 지우고, 메일도 삭제해 버렸다. 아마드가 조용히 보낸 정보원이 찍은 이 영상은 소지하고 있을 이유가 하나도 없었다. 나중에 재수 없게 퍼지기라도 한다면 사신이 다시 자신을 찾을 수도 있었다.

"후우……."

아마드는 곰방대를 입에 물었다.

그리곤 잠시 생각에 잠겼다.

아마드는 사실 사신이 IS조직의 한 계파를 지우는 건 불가능한 일이라고 생각했다. 하지만 이상하게도 그와 반대되는 결정을 내렸다. 솔직히 그들의 행보가 지극히 마음에 안 드는 것도 있어 대신 처리해 줬으면 하는 마음도 적지 않았다. 하지만 현실적으로 본다면, 고작 몇 명으로 아무리 하층부라지만 계파 하나를 지우는 건 말도 안 되는 일이었다.

'그 계파 조직원만⋯ 최소 오천은 될 건데.'

물론 그들을 전부 상대할 필요는 없었다.

수뇌부만 제거하면 밑이야 알아서 흩어지거나, 다른 놈이 그 자리를 꿰차기는 하지만 어쨌든 소기의 목적은 달성된다. 그리고 이제 모사브와 카림이 죽었으니 계파의 다른 우두머리들도 준비를 시작할 것이다.

등신이 아닌 이상 일주일 사이 둘이 죽은 이유를 눈치채지 못할 리가 없었다. 그러면 앞으로의 전투는 훨씬 더 힘들어진다. 계란으로 바위 치기나 다름없는 일이지만 이상하게 본능이 반군이 아닌, 사신에게 도움을 주라 경고했다.

자신을 몇 번이나 살려주었던 본능의 경고이기 때문에 무시하지 못했고, 결국 그에게 붙었지만 불안한 것도 사실이었다. 하지만 이번 전투 영상을 보고 나니 그 불안감이 어느 정도 씻겨나갔다.

"이 정도면……."

깊숙이 봉인했던 정보를 푸는 것도 고려해 볼만 했다. 잠시 고민하던 아마드는 메일 쓰기를 눌렀다. 그리고 머리로만 기억하는 이메일을 입력해 넣고, 내용을 적기 시작했다.

─친애하는 형제여.

로 시작된 내용은 1,000자 정도로 마무리되었고, 이어서 보내기를 눌렀다. 아마드는 그렇게 여덟 번을 더 메일을 보내고는 노트북을 덮어, 선반 위에 대충 올려놨다.

"후우… 이걸로 불씨는 당겼고."

이제, 사신의 행보를 조용히 지켜볼 차례였다.

아마드는 어쩌면, 이번 전쟁의 승자가 참 극적이지 않을까 싶은 마음과 함께 잡화점 문을 닫았다.

*   *   *

고요한 거리, 시리아 중부에 위치한 홈스 주(Homs District)의 도시 타드몰을 설명하기 딱 알맞은 문장이었다. 시리아 중부의 도시이기 때문에 전선 형성을 위해 항상 치열한 공방이 벌어졌고, 중부의 중심지였던 타드몰은 내전이 벌어지고 채 2년이 지나지 않은 시점에서, 사람이 살 수 없는 도시가 되어버렸다. 하루가 멀다 하고 총성과, 포탄이 터지는 곳에 살 미친 인간은 없었고, 필연적으로 도시는 점차 그 기능을 잃어갔다. 그런데 아이러니하게도 그렇게 도시에서 주민들이 빠져나가자 타드몰에서의 전쟁이 멎었다. 이미 너무 황폐화되어 있기도 해서 이곳을 빼앗아봐야 별로 실효성도 없기 때문이었다. 그 이후 재미있게도 타드몰은 암묵적인 불가침 구역이 되었다.

하지만 그럼에도 이곳에서 살던 시민들은 돌아오지 않았다. 전기, 수도가 모조리 끊긴 도시로 돌아와 봐야 어차피 먹고 살 길 자체가 없었다. 그렇게 타드몰은 유령도시가 되었다.

"으스스하네."

"그러게요."

하지만 그런 도시로 들어온 사람들이 있었으니, 동서양의 묘한 조합을 이룬 지영의 일행이었다.

"지영 씨, 이쪽입니다."

"네."

정순철의 말에 지영은 핸들을 꺾어 골목으로 들어갔다.

"저깁니다."

지영은 그 말에 바로 차에서 내렸다.

육중한 몸체를 자랑하는 험비가 줄줄이 멈춰 섰다. 혹시 모를 일을 대비해서 차량 세 대로 움직였다. 어차피 표적이 되더라도 하나만 되라고 말이다. 물론 눈에 띄겠지만 한 대로 움직여도 눈에 띄는 건 마찬가지였다.

성수정과 함께 차에서 내린 김지혜가 주변과 폰을 몇 번 번갈아 돌아보더니, 바로 한 건물로 들어갔다. 건물의 지하로 내려가자 역시 육중한 철문이 보였다. 최첨단 인증 방식이 달린 문을 김지혜가 능숙하게 열었다.

지잉.

자물쇠가 열리자 지영은 정순철과 함께 철문을 밀었다. 두께가 상당한 철문은 건장한 성인 남성 둘이 온 힘을 다해야만 밀렸다. 문이 반쯤 열리자 가방을 줄줄이 맨 인원들이 바로 안으로 들어갔다.

안은 쾌적했다.

다마스쿠스의 안가처럼 환기 시설과 벽에 모니터, 컴퓨터, 간이침대 등이 이미 세팅되어 있었다. 작은 쪽문을 열고 들어가자 주방 시설도 있었다. 식당용 대형 냉장고에는 진공포장된 고기와 야채도 있고, 각종 양념장에 와인과 보드카, 심지어 팩 소주까지 있었다. 그 옆에 작은 냉장고에는 초콜릿, 치즈 등 간식이 가득 들어 있었다. 쌀? 20키로짜리 다섯 포대가 한쪽에 조용히 쌓여 있었다.

"이야……."

정순철은 냉장고를 열고는 감탄을 금치 못했다. 사실 지영도 놀랐다. 지영은 그냥 전투식량을 바랬는데 임수민이 특별히 신경을 써준 것 같았다.

"우와! 고기다!"

성수정이 만나서 정말 처음 보는 표정으로 그렇게 외치며 활짝 웃었다. 지영도 솔직히 반가웠다. 시리아로 넘어와서 제대로 식사를 거의 한 적이 없는 터라 더욱 그랬다.

"저녁 준비는 제가 할 테니 장비 세팅 좀 해주세요."

"네, 알겠습니다."

정순철 팀장은 그렇게 대답하고 나갔지만, 성수정은 바로 재료를 꺼내 손질을 시작했다. 탁탁탁탁. 사각사각사각. 꽤 요리를 해봤는지 수준급 칼질이었다. 그녀가 도와주는 덕분에 지영은 음식을 후딱 준비할 수 있었다. 상을 차리기 무섭게 식사가 시작됐고, 본래 딱 적당하게 먹던 지영까지 간만에 포식을 했을 정도로 맛있게 먹었다.

"아… 살겠네요. 하하."

배를 두드리며 하는 정순철의 말에 지영은 그냥 피식 웃고 말았다. 그냥 한국에 있었으면 될 걸, 괜히 따라와서 이 고생을 하는 그가 솔직히 미련하단 생각 때문이었다. 안젤라와 유리가 상을 치우고, 차를 내왔다. 김지혜는 어느새 다시 컴퓨터에 붙어 있었다. 티타임이 반쯤 지나갔을 때, 안젤라가 물었다.

"여기는 얼마나 있을 생각이야?"

"한 달쯤?"

"그렇게 오래?"

"……."

지영은 말없이 고개를 끄덕였다.

찻잔을 내려놓은 지영은 담배를 꺼내 불을 붙였다.

치익.

"후우… 아마 지금쯤 놈들도 뭔가 이상한 걸 눈치챘을 겁니다. 그리고 경계를 강화했을 거예요. 이럴 때 놈들을 치는 건 미련한 짓이니 이곳에서 경계가 풀릴 때까지 쉴 겁니다."

"호……."

안젤라는 지영의 말에 짧게 감탄을 흘리고는 씩 웃었다. 그녀라고 그 부분을 모르는 게 아니었다. 사실 좀 전의 말은 툭 떠보는 거나 마찬가지였다. 다마스쿠스에서 이곳 타드몰까지는 작전을 위해 온 게 아니었다. 이곳으로 온 이유는 일종의 피신이었다. 폐허가 된 도시라 발견될 확률도 적은 이곳에 지영은 많은 돈을 들여 안가를 마련했다. 전기와 수도가 끊겨서 발전기와 물탱크를 채우는 것부터 시작해 정말 엄청 돈을 들였다.

지영은 이곳에서 놈들의 경계가 풀릴 때까지 조용히 쉴 생각이었다. 반군들이 험비를 목격하고 이곳을 눈치챌 가능성도 있긴 하지만 워낙에 조심스럽게 추적을 확인하며 온 터라 그럴 가능성은 매우 적었다.

지잉.

[추격 없어. 푹 쉬어.]

마침 임수민에게 연락이 왔고, 지영은 그 내용을 전달했다. 언제나 그렇지만 상상 이상의 정보력을 가진 임수민은 아주 큰 도움이 되고 있었다.

"그럼 저는 밖에 좀 둘러보고 올게요."

"조심하세요."

"후후, 그럴게요. 유리? 같이 갈래?"

"…응."

두 사람이 밖으로 나가자 지영은 정순철, 성수정과 함께 장비를 점검했다. 장비야 각 안가마다 넘치게 마련되어 있지만 그래도 지금은 손에 익은 장비가 훨씬 더 편한 지영이었다. 1시간에 걸쳐 점검을 끝낸 지영은 입구 옆에 있는 샤워실에서 몸을 빠르게 씻고는 간이침대에 누웠다.

　　침대에 눕자 잠이 솔솔 몰려왔다.

　　지영은 몰려오는 잠을 거부하지 않았다.

　　하지만 두 시간쯤 지났을 때, 헉! 소리를 내며 잠에서 깨어났다.

　　"하아……."

　　지영은 손으로 얼굴을 덮었다.

　　오늘도 어김없이 두 제자가 나왔다.

　　이민정 감독이 목이 꺾인 채 나왔고, 지영 때문에 희생당한 죄 없는 시민들도 나왔다.

　　"원망이라도 하던가……."

　　지영은 쓸쓸하게 중얼거렸다.

　　꿈에 나타난 그들은 지영을 원망하지 않았다. 오히려 피눈물을 흘리면서도 지영을 안쓰러운 눈빛으로 바라봤다. 그게 무서웠다. 미워해 줬으면, 자신에게 분노해 줬으면, 차라리 마음이 편할 것 같았다.

　　하지만 제자도, 이민정 감독도, 지영의 팬들도, 그저 쇼핑을 하러 왔을 시민들도, 지영을 원망하지 않았다. 그게, 그래서 더 스스로에게 화가 났고, 이런 상황을 만든 광신도들에게 분노했다.

또르르, 뚝, 뚝.

지영의 의지와는 상관없이⋯ 눈물이 흘렀다. 참회의 눈물일까? 속죄의 눈물일까? 지영은 흐르는 눈물을 닦지 않았다. 끝없이 흐르게 그냥 뒀다. 지영은 그렇게 한참을 울었고, 아침 해가 떠오를 때까지, 잠들지 못했다. 그런 지영을 모두 알아봤지만, 아무도 말을 걸진 않았다. 그들에게 이런 지영의 모습은 익숙했다.

시리아.

이곳에 온 뒤부터 지영은⋯ 매일 밤, 매일 밤 이렇게 시달렸다.

피터는 갑판에 생긴 탄 자국을 유심히 바라봤다.

"음⋯⋯."

자국으로 보아 분명 총격전은 일어났다. 자리를 옮겨 선실로 내려가는 계단까지 가는 동안에도 탄 자국은 계속해서 보였다.

갸웃.

"이상하다. 분명 양방향에서 협공을 가할 수 있는 위치인데⋯⋯."

CIA에서 주시하던 모사브가 죽었고, 그는 윗선에서 누구의 짓인지 파악하라는 명령을 받고 급히 시리아로 넘어왔다. 하지만 화물선으로 당장 올라가기에는 무리가 있었다. 이미 시리아 정부가 조사 중이었기 때문에 정보요원인 그가 나서기란 힘들었다. 그러나 3주쯤 지나자 조사가 끝났는지 철수했고, 그들이 철수하자마자 피터는 바로 화물선을 찾았다. 사실 그리 힘들지 않을 임무라고 생각했다.

하지만 갑판 위에 올라온 그는 도무지 이해가 안 되는 상황에 직면했다. 분명 교전은 벌어졌다. 한쪽이 갑판 위로 올라왔고, 위에 있던 반군을 공격했다. 여기까진 굳이 조사를 하지 않아도 알 수 있었다.

"근데 이렇게 쉽게 뚫렸다고?"

그게 이해가 가질 않았다.

사망자는 총 20.

그중에 모사브가 있었다.

이 건은 모사브의 시신이 파도에 떠밀려 다시 항구 쪽으로 다가왔고, 근처 시민에게 발견되어 알려지게 된 사건이다. 당시 선박에는 100에 달하는 반군이 있었는데도, 이곳을 기습한 이들의 피해는 아예 보이지도 않았다.

선미 쪽으로 간 피터는 주변을 살펴봤다.

이곳에서 열이 넘는 반군이 죽었다.

"어떻게 죽인 거지? 분명 여기까지 오지도 않았는데?"

만약 여기까지 왔으면 기습한 이들이 쏜 소총 탄 자국이 분명하게 남아 있었어야 했다. 이런 작전에 백발백중을 기대하는 건 말도 안 되니 반드시 남아 있어야 하는데… 없었다. 주변을 아무리 둘러봐도 이곳에서 죽은 10명의 사망원인이 파악이 안 됐다. 아니, 있기는 한데…….

"그럼 남은 건 저격밖에 없는데, 여기를 저격 포인트로 잡으려면……."

피터는 주변을 둘러봤다. 저격의 기본은 높은 곳에서, 낮은 곳을 향해 자리를 잡는 거다. 그런데 주변엔 화물선보다 높은 지대가 한 곳도 없었다. 아니, 있긴 있는데…….

"저렇게 멀리서?"

거리가 대략 2㎞ 정도는 나올 것 같았다. 물론 정확한 거리는 아니지만 대충 봐도 까마득하다.

"이 정도야… 우리 군도 가능하다만……."

이번 모사브 건은 미군의 특수작전이 아니었다. 만약 미군의 작전이었다면 피터가 이렇게 조사를 나왔을 이유도 없었다.

"그럼 저격수 한 명에, 위로 넷이 올라왔다는 건데……. 고작 다섯이서 모사브를 납치까지 해서 끌고 갔다고? 아, 밑에 대기자가 한 명 더 있었겠군. 그럼 총 여섯……."

피식.

아무리 실력이 없는 반군이라지만 고작 전투요원 다섯에게 백이 넘는 인원 중 스물이 넘게 당했다. 조금의 피해도 입히지 못했으며, 머리까지 납치당했다는 사실을 피터는 어떻게 받아들여야 할지 감도 안 잡혔다.

이런 경우는 당연히 둘 중 하나다.

"지독하게 무능했던가, 아니면 지독하게 스페셜 했던가."

피터는 둘 다 일수도 있겠단 생각이 들었다.

모사브는 무능했고, 여길 기습한 놈들은 스페셜리스트였다. 한동안 더 주변을 둘러보며 조사를 한 피터는 곧 화물선에서 내렸다. 그리곤 안가로 이동해 곧바로 보고서를 작성해 올렸다. 보고서를 작성하는 동안, 피터의 입가에는 미소가 그려져 있었다. 어째, 모사브 하나로 이번 일이 끝날 것 같지 않았기 때문이었다. 무료하던 삶에 활력이 깃드는 것처럼, 피터는 충족감을 느꼈다.

타다다닥.

딸각.

메일 보내기를 완료한 피터는 의자에 느긋이 기대곤, 담배를 꺼내 입에 물었다.

"자… 다음은 누구냐? 후후."

다음이 누구인지는 모르겠지만, 피터는 곧 다음 타깃이 제거됐다는 연락을 받을 것 같단 예감을 받았다.

　　　　　*　　　　　　*　　　　　　*

"카심! 이번 일은 받아야 합니다!"

수하의 말에 카심이라 불린 남자는 고심하는 표정을 지은 채, 대답하지 않았다. 이틀 전이었다. 갑자기 어떻게 알았는지 그들이 쓰는 비밀 사이트로 하나의 글이 올라왔다. 글은 카심과, 카심이 이끄는 무장군벌에게 의뢰를 하겠다는 내용이었다. 의뢰 내용은 간단했다. 의뢰자가 지정하는 지역의 반군을 소탕해 줄 것, 의뢰 대금은 100만 불이었다.

"백만입니다, 백만! 그 돈이면……!"

부하의 말에 카심은 고개를 저었다.

미제 달러 백만이면, 정말 할 수 있는 게 무궁무진했다. 일단 나갈 때마다 멈춰 서는 차량을 바꿀 수도 있고, 저격소총, 돌격소총, RPG—7을 몇 개나 구매할 수 있을지 감도 안 잡혔다. 잘하면 구식이라도 장갑차까지 구매할 수 있을 것이다. 반대로 식량을 사면 현재 카심이 보호하고 있는 난민들을 몇 년은 먹일 수도 있을 것이다.

하지만 정보의 출처가 문제였다.

누군지도 모르는 건 둘째 치고 저게 만약 잘못된 정보와 함께 날린 의뢰라면? 카심이 이끄는 군벌은 그 순간 전멸이다.

"카심! 알레포의 호랑이 카심이 왜 이렇게 고민이 많아졌습니까!"

"조용!"

"카심!"

퍽!

자꾸만 재촉하는 수하의 말에 짜증을 담아 노려보자 그는 고개를 바로 픽 숙였다. 알레포의 호랑이. 카심이 군벌을 이끌며 생긴 별명이었다. 카심은 전역 군인이었다. 하지만 반군의 행태가 너무나 잔악하여 사병을 조직, 직접 전투를 가르치며 반군을 상대했다. 그게 벌써 몇 년 전인지 기억도 안 날 정도였다. 그렇게 반군과 싸우며 그들이 납치한 시민들을 보살피다 보니 어느새 오천 명이 넘는 아이들과 노약자, 아녀자를 보호하게 됐다. 그래서 알레포에서 대탈출을 감행, 이라크와 국경을 맞대고 있는 아부카말까지 내려왔다. 그 과정에서 반군에게 공격당해 정말 죽을 고비를 몇 번이나 넘겼지만, 알레포의 호랑이는 뛰어난 용병술과 전략으로 반군을 따돌리고 무사히 아부카말까지 오는 데 성공했다. 그 뒤로 5년의 시간이 걸렸다. 카말시는 그 동안 몇 번이나 반군의 침략을 받았지만 그때마다 카심과, 지역 의병단이 반군을 몰아냈다.

정부군이 몇 번이나 도와주러 오다가 반군의 공격에 전멸해 이제는 지원조차 끊긴 상태였다. 하지만 도시에 계속 갇혀 있다 보니 물자가 항상 부족했다. 카심이 보호하는 이들만 오천이다. 아부카말 자체에 남아 있던 인구까지 합치면… 셀 수도 없었다. 그런 상태에 100만 불은 아주 먹음직스러운 의뢰였다.

하지만 그렇다고 무턱대고 의뢰를 맞을 수는 없었다. 아부카말을 지키는 최후의 보루가 카심 본인이다. 그런 그의 나이 현재 60이고, 아직도 자신의 뒤를 이을 후계자들은 능력이 부족했다.

지금 앞에서 의뢰를 받아야 한다고 소리치는 수하만 해도 그랬다. 출처도 불분명하고, 그러니 애초에 진위조차 가리기 힘든 의뢰를 받으라고 하고 있다. 그게 자신은 물론 본인까지 죽음으로 몰아넣을 수도 있는데 말이다.

스윽.

그때 밖에서 부관이 들어왔다.

"카심."

"말하게."

"누가 찾아왔습니다."

"나를? 정부군인가?"

"아닙니다. 음… 유엔에서 나왔다고 합니다."

"유엔?"

그 허울뿐인 기관?

UN이란 말에 카심의 얼굴이 바로 굳어졌다. 카심은 지금까지 몇 번이나 UN에 구조 요청과, 원조 요청을 했었다. 하지만 처음 몇 번 받아주더니 이제는 대놓고 무시하는 게 UN이었다. 그래서 몇 년 전부터 카심도 UN에 아예 연락을 하지 않았다. 그런데 지금 UN에서 사람이 왔다고 하니 절로 인상이 찌푸려졌다. 하지만 그렇다고 내칠 수도 없었다. 솔직히 말해 지금 아부카말은 위험했다. 그래서 여자와 아이들만으로도 어떻게든 피신시켜야 한다고 카심은 본능적으로 느끼고 있었다. 조만간 대대적인 공격이 있을 것이니, 빨리 피난시키라고. 사실 지금까지 버틴 것만 해도 용했다. 카심이 아니었다면 넘어가도 이미 예전에 넘어갔을 것이다.

"들어오라 하게."

"네. 하아……."

부하는 한숨을 내쉬곤 거친 동작으로 자리를 피했다. 저렇게 행동해도 속은 따뜻한 놈이었다. 제 딸은 물론, 제 딸 친구들, 동생들을 배불리 먹이고 싶은 아비의 마음에서 비롯된 행동이었다. 그걸 아니 카심은 저도 모르게 한숨이 나왔다.

잠시 뒤 정장은 입은 세 명이 들어섰다. 중앙의 금발 여인을 중심으로 선글라스를 썼지만 동양계로 보이는 사내 둘이 서 있었다.

"미스터 카심?"

"그냥 카심이라 부르시오."

"네, 미스터 카심. 유엔 소속 안젤라예요."

안젤라라 불린 여인은 품에서 명함 한 장을 꺼내 카심에게 내밀었다. 하지만 카심은 명함을 보지도 않았다. 이깟 종이 쪼가리 한 장으로 상대를 믿기엔 카심이 살아온 세월이 워낙에 다사다난했다.

"앉으시오."

카심의 손짓에 세 사람이 자리에 앉자, 셋을 안내한 부하가 조용히 뒤로 가서 섰다. 허튼짓을 하면 바로 총으로 쏘겠다는 뜻이었다. 그걸 아는지 모르는지 세 사람은 거의 동시에 선글라스를 벗었다. 본능적으로 얼굴들을 살폈다. 그러다 가장 좌측의 젊은 사내의 얼굴을 보고는 흠칫 놀랐다.

'음⋯⋯.'

붉은 눈동자.

오드아이는 아니었다. 오드아이이라고 하기엔 실처럼 퍼져 있는 붉은색은 마치 탁해진 피 같았다.

"카심."

"말하시오."

"이걸 봐주시지요."

유창한 아랍어에 카심이 놀랄 틈도 없이 붉은 눈의 사내는 종이 한 장을 내밀었다. 힐끔, 종이를 본 카심은 내용을 읽고 다시 사내에게 시선을 줬다. 그리곤 빤히 보다가, 수하에게 말했다.

"나가 있어라."

"카심, 하지만."

"괜찮으니 나가 있어."

"···네."

수하가 총을 거두고 나가자 카심은 다시 종이를 살펴봤다.

ㅡ조용히 의뢰에 대한 얘기를 할까 합니다.

의뢰라는 단어는 요 며칠 카심을 골치 아프게 만드는 단어였다. 그러니 바로 무슨 의뢰인지 깨달은 카심은 이들이 그의뢰를 넣은 장본인이거나, 아니면 의뢰자가 보낸 사람들이라판단했다.

'하지만 저 붉은 눈은······.'

시리아에서 아주 유명한 자가 있다. 몇 년이 지났지만 여태현재진행형인 붉은 눈의 사신에 대한 소문은 반군에게는 무자비한 악마로 불린다. 카심은 몇 주 전 모사브와 카림이 죽은 사건을 떠올렸다.

'이 타이밍에 공교롭게 붉은 눈을 가진 자가 나를 찾아와?이게 우연일까?'

아니, 아니다.

모사브와 카림이 죽은 게 첫 번째라면, 붉은 눈의 사내는 두 번째다. 두 번이 겹쳤으니 결코 우연이 될 리가 없었다.

"그쪽이 붉은 눈의 사신이오?"

"호오……."

붉은 눈의 사내, 지영은 단도직입적으로 물어오는 카심의 말에 감탄을 터뜨렸다. 진심이었다. 뭐, 눈을 보여준 것으로 많은 단서를 줬지만 그래도 이렇게 바로 알아차리기란 쉽지 않았다.

"맞습니다."

"흠… 실존했구려."

"유령이라 생각했습니까?"

지영이 그렇게 되묻자 카심은 고개를 저었다. 주름이 자글자글 간 얼굴이지만 눈빛은 마치 보석을 박아 넣은 것처럼 단단하게 빛났다. 지영은 카심이 자신을 알아본 것처럼, 반대로 그 눈빛을 보고 마찬가지로 알아봤다.

카심, 알레포의 호랑이는 진짜로 호랑이라는 사실을 말이다.

"내 눈으로 확인하지 못했기 때문에 그저 소문은 소문이구나, 이렇게 생각했을 뿐이라오."

"그래서 지금 보니 어떻습니까?"

"사신이 왜… 사신인지 알겠구려. 모사브와 카림은 그대가 손을 썼소?"

"그렇습니다."

"후후, 악독한 것들이니 신의 품이 아닌, 지옥불로 떨어졌을 것이오."

"저도 그러기를 바랍니다."

치익.

"후우……."

불을 붙이고 그가 내민 담배를 잠시 보던 지영은 거절하지 않고 하나를 빼 입에 물고 불을 붙였다.

치익.

한국 담배와는 전혀 다른… 뭐라 말로 설명할 수 없는 맛이 나는 게 이쪽 대륙 담배다. 그래서 인상이 팍 찡그려졌다.

"허허, 많이 다를 것이오."

"그렇군요."

맛이 없는 정도가 아니라, 더러웠다. 하지만 지영은 끝까지 태웠다. 각자가 문 담배가 재가 되어 꽁초만 남았을 때, 카심이 먼저 입을 열었다.

"선불이오."

피식.

지영은 앞뒤 잘라 먹은 그 말에 만족스러운 웃음을 흘렸다.

지쳤는지 서산 아래로 기어들어 가는 해를 바라보며 돌아가던 중이었다. 보조석에 앉아 있던 안젤라가 뒷좌석에 앉아 있던 지영에게 물었다.

"괜찮겠어요?"

"뭐가요?"

"그를 믿을 수 있겠냐고요."

"아아, 괜찮을 겁니다."

지영은 안젤라의 물음에 고개를 끄덕이며 대답했다. 좀 전에 만났던 알레포의 호랑이 카심은 임수민과, 김지혜가 조사해서 건네준 자료처럼 확실히 대단한 인물이었다. 그는 이스라엘의 최정예 특수부대 사이렛 매트칼(Sayeret Matkal)과 모사드(Mossad)에서 위탁 교육을 수료하고, 시리아로 돌아와 장군까지 했었던 인물이다. 모종의 문제로 직을 사퇴하게 됐지만, 그의 능력이 모자라서 그런 건 아니었다. 내전이 시작되자 바로 자신을 따르던 군과, 의병을 조직해서 반군과 처절한 전투를 치렀고, 수천 명의 난민을 아부카말로 대피시킨 엄청난 작전을 성공시킨 인물이기도 했다.

"그는 신을 그리 믿지 않아요. 다들 쉬쉬 했지만 직을 내놓은 것도 그 때문이라는 정보가 있습니다."

"호… 이슬람교가 전체 구십 프로 이상인 시리아 군 장군까지 했던 사람이 알라신을 믿지 않았다니… 퇴출당할 만했네요."

"맞아요. 그는 오히려 신보다는, 당장 눈앞에 보이는 시민의 안전을 최우선으로 생각했던 군인이었습니다. 이번 일도 시민들을 위해서 반드시 해야 할 일임을 그는 알 테니, 거절하지 않을 겁니다."

"휴, 다행이네요. 사실 좀 걱정했는데."

안젤라가 안도하자 이번엔 운전을 하던 정순철이 물었다.

"근데 괜찮겠습니까? 보니까 무장 상태가 별로던데……."

"좀 지원해 줘야죠."

수성에 필요한 무장 상태를 갖추기는 했지만 그래도 지영이 원하는 바를 이룰 정도로 반군에 타격을 주긴 힘들어 보였다. 스치듯이 본 게 전부지만, 그것만으로도 무장 상태를 예측할 수 있는 눈썰미는 셋 다 갖추고 있었다.

"후, 그래도 지역 군벌을 이용할 생각을 하다니, 저는 생각도 못 했습니다."

"애초에 우리가 전 지역을 돌아다니면서 타격할 수는 없으니까요."

"하하, 그건 그렇죠."

정순철의 말처럼 지영은 전부 자신의 손으로 죽일 생각은 없었다. 한 계파라고 하지만 위아래로 살펴보다 보면 그 수는 정말 기하급수적으로 늘어난다. 단 두 번의 작전에서 마주친 놈들의 수만 해도 150가량이다. 그것도 계파의 중간쯤 있는 놈이 이 정도니 위로 올라가면 갈수록 수는 훨씬 더 늘어날 게 분명했다. 잘하면 천 명 이상의 반군과도 싸워야 하는데 고작 다섯으로 그들을 상대하는 건 완전히 미친 짓이나 다름 없었다. 그래서 지영이 생각한 게 용병과 지역 군벌이었다.

용병이야 어차피 돈만 주면 고용이 가능하다. 김지혜와 임수민의 도움을 받아 이미 용병 팀 세 개를 섭외했다. 세 팀 다 믿을 만한 팀으로, 지영의 의뢰를 받아들이고 각각 아프리카, 미국, 유럽에서 시리아를 향해 날아올 준비를 하고 있을 것이다. 세 팀 다 전부 특수 팀 경력이 있는 스페셜리스트들이고, 시리아는 물론 아프리카 내전을 지긋지긋하게 겪은 이들이기도 했다. 게다가 김지혜와 임수민이 엄선해서 고른 만큼, 신용도 확실했다. 대신 돈이 많이 들긴 했지만 지영에게 돈은 어차피 마르지 않는 샘이 있는 상태라 그리 문제가 되진 않았다. 이제 그들은 시리아에 도착하는 즉시 임수민이 각각 보내주는 위치로 이동해 무기를 공급받을 것이고, 다시 정해진 안가로 이동해 대기하다가, 다시 지영이 보내주는 정보를 토대로 표적을 타격할 것이다.

알레포의 호랑이, 카심도 마찬가지다.

그는 지영이 지원해 준 군수 물품을 받고 대기하다가, 마찬가지로 정해진 때에 타격을 시작할 것이다.

지영은 그때를 노릴 생각이었다.

각지에서 산발적인 타격이 벌어지면 당연히 계파의 간부들은 지원 병력을 보낼 수밖에 없었다. 도망? 도망은 솔직히 꿈도 못 꾼다. 그건 불명예 정도가 아니라 신의 말씀을 져버렸다는 뜻으로 간주되어 살아나도 아예 생매장당한다. 그러니 도우러 갈 것이고, 도망가지도 않을 것이다.

지영은 이 전쟁을 단기간에 끝낼 생각은 없었지만 장기전으로 가기 전에 이놈들의 기와 세를 한번 제대로 꺾어놔야겠다고 생각했다. 그렇게 한번 제대로 갈겨놓으면 극도의 경계심이 생기긴 하겠지만 반대로 세가 줄었으니 허술해지게 마련이다. 그리고 경계심이 생기는 것 자체도 지영에겐 어차피 좋은 일이었다.

'하루 종일 긴장하고 있는 것만큼 사람을 피곤하게 하는 것도 없으니까……'

그리고 그때 지영은 아주 놈들이 잠도 못 잘 정도로 괴롭힐 생각이었다. 물론 용병들과 알레포의 호랑이 카심에게 시킬 예정이고, 놈들이 지치고, 지쳤을 때, 지들끼리 칼부림을 하고 남을 정도까지 극한으로 몰렸을 때 움직일 예정이었다. 광기는 없던 힘도 나게 하지만 이성을 마비시키는 역할도 할 것이다.

그렇게 미쳐 발광하는 놈들만큼 죽이기 쉬운 것들도 없다.

조급하지 않게, 천천히. 지영은 놈들을 말려 죽일 작정이었다.

정보와 무력을 확보한 상태다. 조건은 충분히 갖춰졌고, 가능성은 차다 못해 넘치는 상태였다.

덜컹!

툭 튀어나온 돌을 밟고 차가 퉁 튕겨 올랐다.

쿵! 쿠궁!

하지만 지영의 몸은 가볍게 흔들리기만 했다. 이 정도 밸런스 잡는 거야 일도 아니었다. 한참을 달리다가 미리 위치를 받은 협곡 사이로 들어선 차가 멈춰 섰다. 이미 해는 졌고, 어둠이 찾아온 사막을 달리는 건 적에게 나 여기 있소! 그러니 어서 날 공격해 주시오! 이렇게 광고하는 거나 다름없었다. 위장 천막으로 차를 덮은 뒤, 지영은 주변을 둘러보기로 했다.

소총과 권총, 대검을 챙긴 지영은 안젤라가 먼저 정찰을 위해 사라졌을 때쯤에야 움직였다.

"둘러보고 올게요."

"하하, 다녀오십시오. 저녁 준비 해놓겠습니다."

"네."

철컥, 탄을 장전한 지영은 안젤라가 들어간 절벽 안쪽이 아닌 반대쪽 입구로 향했다. 입구까지 나온 지영은 바위 뒤에 숨어 주변을 둘러보고 이상이 없자 그대로 등을 대고 앉았다.

치익.

"후우……."

내뿜은 연기가 살랑살랑 춤을 추며 올라가는 걸 무심코 쳐다본 지영은 밤하늘에 박혀 있는 별에 시선을 빼앗겼다. 연기가 나를 봐요! 하고 떼를 쓰다 흩어질 때쯤 지영은 작게 미소를 지었다.

별빛.

청정 구역인 만큼 서울과는 비교도 안 되게 또렷하게 보이는 별빛은 삭막한 감정 상태인 지영에게도 충분히 신비로웠다.

'너도 보고 있을까?'

본인이 물어보고, 본인이 고개를 저었다.

시간이 다르니 은재는 아마 못 볼 것이다. 시간이 비슷하다고 하더라도, 서울의 하늘은 이곳과는 매우 다르니, 그래서 못 볼 것이다. 서울도 밤이긴 하겠지만, 자고 있을 테니 못 볼 것이다.

'생각해 보니까… 너랑 나랑 별빛을 본 게 언제더라?'

몇 번이나 되더라?

두 번인가? 세 번?

아무리 생각해 봐도 그게 전부였다.

몇 년을 함께했는데 밤하늘을 같이 본 게 그 정도밖에 안 되는 것이다. 둘 다 워낙에 탈도 많았기 때문에 어쩔 수 없었다 하더라도, 너무 적었다.

'돌아가면, 떨어져 있지 말자. 이제는……'

별빛을 보니, 수줍게 고개를 내밀고 올라오는 달을 보자니 유난히 은재가 보고 싶었다. 하지만 지영은 곧 그런 감정을 털어냈다. 감상에 빠지는 건 좋지만 감정이 처지는 건 자제해야 할 일이었다.

담배를 다 태운 지영은 주변을 다시 한번 둘러보고, 안쪽으로 들어갔다. 별과 달이 어딜 가냐며 바람을 후 불어 지영을 잡았지만 그걸 모르는지 지영은 곧 협곡의 어둠속으로 사라졌다.

*　　　　*　　　　*

로건은 아내의 키스를 받고는 비행기에 탑승했다. 의뢰자는 고맙게도 자신의 이름과 같은 보스턴 로건 국제공항에서 그리스 아테네, 그리고 터키 이스탄불까지 가는 비행기값을 전부 지불했다. 그것도 퍼스트 클래스로 말이다. 지정석으로 다가가자 익숙한 전우들의 얼굴이 보였다.

"여, 로건. 대장이라고 매일 늦게 타는 건 곤란해?"

"제이미, 이제 익숙해질 때도 되지 않았나?"

"하하, 하지만 나 아니면 아무도 그걸 말해주는 사람이 없지 않나."

"그거야 그렇지. 다들 왔나?"

"로건 자네가 마지막이야."

"그래? 그렇군."

짐을 올려놓고 좌석에 앉은 로건은 비행기가 이륙하자 자리에서 일어났다. 들어오던 스튜어디스가 서 있는 로건을 보고는 조용히 뒤로 물러났다. 로건은 좌석은 앉은 열 명의 동료들을 바라봤다.

미 육군 레인저(United States Army Rangers) 팀에서 함께 동고동락하고, 특수한 정찰, 기습 임무를 수도 없이 함께했던 전우들의 얼굴은 언제나 로건에게 든든했다.

"다들 인사들은 잘 하고 왔나?"

그러자 여기저기서 피식하는 웃음들이 들려왔다. 이들이 작전에 나가는 건 정말 한두 번이 아니다.

"이번 의뢰 출처가 어디요?"

한 동료의 말에 로건은 씩 웃었다.

"블랙마켓."

"허… 그럼 확실하군."

"맞아. 성과제 지급도 확실하지."

"후후, 성과제라는 건… 우리 말고도 고용된 팀이 더 있다는 소리 같은데? 맞소?"

그 질문에 로건은 고개를 저었다.

자신도 그렇게 생각은 했지만, 확실치는 않았기 때문이었다.

"아무래도 그렇다고 봐야겠지? 그게 아니라면 단타로 지급했을 테니까."

"후후, 자존심이 좀 상하지만, 뭐 어쩌겠소. 고용되는 입장이니."

"그래, 그런 건 그냥 넘어가자고. 어차피 작전지역은 웬만해서는 안 겹친다고 하니까. 우리는 동양의 속담처럼, 굿이나 보고 떡이나 먹자고."

"굿이 뭐요?"

"의식이라고 생각해."

로건의 말이 끝나기 무섭게 여기저기서 낄낄거리는 소리가 들렸다. 로건도 그들과 함께 한참을 웃다가, 진지한 눈빛으로 동료들을 돌아봤다.

"자, 시리아다. 빌어먹을 시리아. 알라를 믿는 개새끼들이 판치는 세상. 다들 알 거다. 그 새끼들이 얼마나 미친 또라이 새끼들인지."

"후후, 로건. 우리 다 그쪽 땅은 신물 나게 밟아봤소. 그러니 굳이 다시 강조 안 해도 되겠소."

"출처는 명확하다. 무기도 우리가 원하는 건 전부 준비해 주겠다고 했다. 그렇다면 이게 무슨 말이냐. 대대적인 작전이란 뜻이다. 그것도 비공식적인. 어느 거부가 이슬람 반군에 제대로 빠쳐서 우리까지 고용했으니 끝장을 보고 싶단 뜻이기도 하다. 그렇기 때문에 삐끗하면 진짜 위험해진다. 그러니 묻는다."

"……."

"모든 작전이 위험하지만, 이번 작전은 특히 위험하다. 아무리 돈이 좋아도 목숨보다는 중요하지 않다. 아무도 뭐라 하지 않는다. 빠지고 싶은 사람?"

로건이 그렇게 묻는 순간 피식, 피식 하는 실소가 곳곳에서 피어났다가 흩어졌다. 로건은 씩 웃었다. 어차피 이런 결과가 나올지 알았다.

옆에 앉아 있던 2조 조장 제이미가 하품을 하며 말했다.

"아 거! 잠 좀 자게 적당히 하고 앉읍시다."

"그래, 알았다, 임마. 다들 푹 쉬어둬라. 어쩌면 마지막 휴식일지도 모르니까."

"마지막은 개뿔, 하암. 난 먼저 자겠수."

제이미가 그렇게 말하며 잠들 준비를 하자, 다들 하품을 하며 편한 자세를 잡았다. 로건도 그 안에 끼어 있었다. 하지만 다른 동료들처럼 잠들진 않았고, 커다란 태블릿을 꺼내 메일을 확인했다.

블랙마켓에서 온 메일이 하나 있었다.

아테네에서 이스탄불, 그리고 이스탄불에서 차량으로 시리아로 들어오는 방법이 상세하게 적혀 있었다.

'누가 운영자인지 진짜 궁금하군.'

블랙마켓, 로건 같은 용병들이 가장 자주 애용하는 시크릿 홈페이지다. 누가 운영자인지는 모르지만 엄선된 정보만 구할 수 있고, 정말 믿을 수 있는 의뢰인을 소개받을 수 있는 공간이기도 했다.

이곳에서 의뢰를 받아서 완수하다 보면 등급과 신용이 생긴다. 그럼 지금처럼, 지정으로 의뢰를 받을 수도 있었다.

띠링.

메일 하나가 더 왔다.

시리아 라타키아에 도착하면 무기를 공급받을 장소, 사용할 안가 등이 적힌 메일이었다. 내용을 전부 숙지한 로건은 곧 메일을 영구적으로 삭제했다. 어차피 특수한 메일이라 해킹 따위는 불가능하지만 지령을 받고 삭제하는 게 워낙에 습관이 되어 있는 로건이었다. 그는 곧 태블릿을 끄고 자세를 바로 잡고 눈을 감았다. 이제 눈을 감았다 뜨면, 아테네고, 다시 그곳에서 이스탄불로 넘어가면 작전이 시작됐다고 할 수 있었다.

'시리아라……'

그곳도 오랜만이군.

씩.

잠에 빠져든 로건은 저도 모르게 웃었다. 그렇게 레인저 팀이 미국에서 출발했고, 유럽에서, 그리고 아프리카에서도 특수 팀을 전역한 용병 팀이 사신의 진노를 대행하러 시리아로 날아가기 시작했다.

시작은 미약했으나, 끝은 창대하리라.

이 말을 처음 한 사람이 누구인지는 지영은 모른다. 성경 구절에 나온다는 것 정도만 아는 정도다. 그런 이 말이 지영은 어쩐지 지금은 꽤나 마음에 들었다. 이유야 당연히 마치 현재 자신의 상황과 비슷하다고 생각했기 때문이었다.

"리카 근방 소탕 작전 끝났습니다."

"네, 영상 저장하고 안가로 퇴각하라고 전달해 주세요."

"네."

"그리고 금액은 바로 지불해 주세요."

"네."

김지혜에게 부탁을 한 지영은 다시 태블릿을 향해 시선을 돌렸다. 지영은 용병 팀에게 의뢰한 첫 번째 전투를 실시간으로 보고 있었다.

미리 준비해 놓은 초소형 드론이 블랙마켓에서 운용하는 위성을 통해 지영에게 거의 실시간으로 전달해 줬다.

첫 작전은 로건 팀이 맡았다.

지영은 미군 특수 팀 레인저의 확실한 전투력을 넣을 놓고 봤다. 냉정한 지영이지만 이들의 작전은 그만큼 인상 깊었다. 지영이 펼치는 작전과 비슷하면서도, 달랐다. 레인저는 말 그대로 정찰, 척후, 기습에 특화된 부대였다. 그런 만큼 한 개 구대를 구성하는 인원이 적었다. 임무 특성상 인원이 많으면 걸릴 확률도 그만큼 높아지기 때문이었다.

"대단하군요."

태블릿으로 영상을 같이 본 정순철의 솔직한 감상은 지영은 고개를 끄덕였다. 이들의 작전을 한마디로 정의하자면, 현대판 암살자들이었다. 트랩과 지형 지물을 이용한 전격 암살 작전, 딱 이렇게 정의 내릴 수 있을 것 같았다. 아주 은밀히 움직여서 하나씩 죽여 나가면서, 길도 적의 수뇌부까지 일직선으로 뚫었다. 그리고 조용히 제거 후, 왔던 길을 되돌아서 빠져나갔다. 이 모든 게 30분 만에 끝났다. 이들의 작전은 치밀했다. 미리 척후조를 보내 무전으로 보고하는 시간대, 순찰로, 경계병력, 가장 경계가 느슨해지는 시간대를 확실하게 파악한 뒤에야 움직였다.

지영은 인정할 건 인정했다.

이들의 작전 수행 능력은 솔직히 지영의 팀보다 훨씬 더 정교했고, 팀워크도 한 수 위였다.

"오랫동안 손발을 맞춰왔을 테니까요."

"그래도 개개인의 능력도 상당합니다. 음……."

그건 지영도 인정하는 바였다.

딱 봐도 개인의 능력이 아주 출중해 보였다.

호흡, 팀워크의 중요성이 아주 잘 드러난 전투였다.

지영은 이번 전투를 보고 지난 자신들의 전투를 비교해 봤다. 전투력, 이건 솔직히 지영의 팀이 위였다. 강지영은 물론 타고난 암살자들은 안젤라와 유리, 그리고 전투에 특화된 기술을 가진 성수정과, 세계에서도 알아주는 대한민국 특전사

특임대대 출신 정순철의 개인 전투력은 가히 압도적이다. 거기다가 백업에서는 아주 확실한 김지혜가 도와주니 화력, 정보 면에서는 단연 압도적이었다.

하지만 사실상 팀이 결성된 지 1년도 안 된 탓에 팀워크는 별로였다. 부족한 팀워크를 개인의 실력으로 메우고 있지만 지영은 이렇게 가다간 언제고 한 번은 삐걱할 거라는 걸 잘 알고 있었다. 그리고 그 한 번은… 장담컨대, 결코 좋은 결과가 나오진 않을 것이다.

'해결책이 필요한데……'

이런 건 당장 해결책을 찾기는 힘들었다.

하나 있다면 아주 지쳐 쓰러질 때까지 합을 맞춰보는 건데, 이곳은 그럴 만한 시설도 없었다.

"무슨 걱정해?"

"아냐, 아무것도."

유리의 질문에 지영은 고개를 저었다.

요즘 유리는 말이 많아졌고, 지영에게 조금 집요하게 구는 구석이 있었다. 안젤라는 그런 모습을 반대로 흐뭇하게 바라봤다. 유리가 감정을 찾아가는 게 어떤 방식으로 이루어지든 그저 기쁜 것 같았다.

"얼굴에 고민이 보이는데."

"그냥 다음 작전은 언제 나갈까 생각하는 거야."

"그런 거라면 그냥 지금 움직여도 되잖아."

지영은 그 대답에 고개를 저었다.

애초에 지영이 용병 팀을 고용한 건 적의 지휘부를 흔들기 위함이고, 부가적으로 세력 또한 좀 꺾어놓기 위해서였다. 그런데 이제 작전 하나가 끝났다. 지휘부만 딱 치고 빠지는 통에 그쪽은 뿔뿔이 흩어지겠지만 그렇게 살아남은 놈들은 반드시 다른 세력에 흡수될 것이다. 아니면 지들끼리 다시 뭉쳐서 다시 세력을 형성하거나 할 것이다. 이는 반드시라고 해도 좋았다. 지도부가 사라졌다고 이놈들이 갑자기 개과천선할 일도 없었고, 정부군에 투항할 일도 없었다.

투항한다 하더라도 결코 좋은 꼴은 못 보기 때문에 끝까지 대항할 것이다. 그러니 사실상 잠시간 무력화지, 아예 해체시켜 버린 건 아니었다. 그걸 알지만 지영은 가능한 계속해서 타격을 가할 생각이었다.

타드몰에서 쉬는 건 한 달로 정했지만 지영은 중간에 계획을 수정했다. 원하는 선까지 타격이 이루어지지 않으면 이곳에서 움직이지 않을 작정이었다. 하지만 세상 일이 원래 다 그렇듯, 생각대로만 흘러가진 않았다.

"사장님."

"왜요?"

"잠깐 보셔야겠습니다."

지영은 그 말에 바로 일어나서 김지혜에게 다가갔다. 그런 지영의 뒤로 전부 일어나 우르르 다가갔다. 카메라 한 대에 우르르 타드몰 안으로 들어오고 있는 무장 차량이 보였다. 한국 기업의 포터 차량에 발칸포를 걸고, 익숙한 복장을 한 놈들이 그 뒤에 타 있었다. 차량은 전부 여섯 대였다. 한 차에 열 명씩, 총 60명에 운전자, 보조석에 타 있을 인솔자까지 합치면 70명은 넘을 것 같았다.

  지영은 단숨에 알아봤다.

  "저 새끼들이 왜 여기에?"

  반군이다.

  통일되지 않은 제각각의 복장하고, 트럭 중간에 포로들까지 있는 걸 보면 절대로 정부군은 아니었다.

  "흠……."

  지영은 곤란한 표정이 되었다. 솔직히 말하면 나서고 싶지 않았다. 포로로 잡힌 정부군이 죽는다고 지영이 아쉬울 건 하나도 없었다. 하지만 문제는 저것들을 타드몰을 들쑤시고 다닐 때다. 위장 천막으로 가려놓긴 했지만 날이 밝으면 험비 세 대를 숨기는 건 애초에 불가능했다.

  "조용히 지나갔으면 좋겠지만……."

  이 늦은 시간에 도시 중앙으로 내달리는 놈들을 보면 어째 그럴 것 같진 않았다. 지영의 예상대로 놈들은 타드몰의 중심지로 향했다. 거긴 파괴되었지만 분수가 있는 대형 광장이 있는 곳이었다.

광장에 도착해 차를 세운 놈들은 곧바로 주변에 경계를 세우고 야영을 준비했다. 타드몰에만 거의 100여 개가 박혀 있는 카메라가 놈들의 일거수일투족을 모두 보여줬다.

"저거… 전부 여자랑 애들 아닙니까?"

"……."

지영은 말없이 고개를 끄덕였다.

포로가 여자와 아이들인 경우는 딱 하나밖에 없었다.

"약탈이군요."

정순철의 말에 지영은 이번에도 고개를 끄덕였다. 놈들은 가관도 아니었다. 신을 믿는다는 새끼들이 술을 처마시고, 포로로 잡아 온 여자들을 강간하기 시작했다. 그것도 빙 둘러싸서, 마치 공연처럼 패악을 저질렀다.

지영은 안가의 분위기가 그 즉시 변하는 걸 느꼈다. 정순철을 빼면 여기 있는 사람 전원이 여성이다. 그런 여성들이 같은 여자가 강간당하는 모습에 분노하는 건 지극히 당연했다. 지영은 다시 소파로 돌아갔다.

치익.

"후우……."

저런 거? 지영도 좋아하지 않는다.

저놈들이 마을이나 도시, 부락을 약탈하고 아이와 여자를 끌고 가는 이유는 하나밖에 없었다. 지금처럼 성노리개로 전락시키기 위함이거나…….

'아니면 몸에 폭탄을 감아 자살 테러용으로 쓰거나…….'

이 둘 중 하나다.

저렇게 끌고 가서 잘 먹이고 잘 입히고, 잘 재워주는 경우는 한없이 0%에 가까웠다. 정순철을 포함한 전투 인원들이 지영의 앞과 옆에 와서 섰다. 지영은 그들을 빤히 보다가 피식 웃었다. 자신을 도와주기 위해, 혹은 개인의 목적을 가지고 곁에 존재했다.

안젤라와 유리는 개인의 안전과 흥미. 성수정은 개인의 일탈, 정순철은 알 수 없는 사명감, 그리고 김지혜는 계약이다. 모두가 제각각 이유가 있었다. 그 중심이 자신일 뿐이다. 지영은 생각했다.

저걸 보고 지나치는 것과, 저걸 위험을 감수하더라도 해결하는 것, 어느 것이 더 나을까? 답은 오래 걸리지 않아 나왔다.

피식.

"준비들 해요."

지영은 그 말을 듣고, 이들이 이곳으로 넘어와 가장 행복하게 웃는 게 목도할 수 있었다. 지영은 담배를 비벼 끄며 일어났다.

그래, 오래 쉬었다.

감을 잃지 않으려면… 이쯤에서 푸닥거리 한번 하는 것도
괜찮을 것 같았다.

*   *   *

준비는 매우 신속했다.

하지만 대기 시간은 길었다.

놈들이 트럭으로 잡아 온 여성은 전부 스무 명 정도였다.
아이가 열 정도고… 그런 아이들이 지켜보는 앞에서 스무 명
의 여성은 전부 강간당했다. 그들은 돌아가면서 쉬지도 않고,
낄낄거리면서 울부짖는 여성들을 짓밟았다.

지영은 근처의 건물 옥상으로 이동해 그걸 실시간으로 전
부 지켜봤다. 지켜보면서 지영은 묻고 싶었다.

'당신은 정말 이들에게 힘없는 아녀자를 강간하고, 어린아
이의 몸에 폭탄을 감아 테러를 하고……'

그걸 진리인 것처럼 설파했습니까?

그리고 자신을 이렇게 만든 존재에게도 물었다.

보고 있냐고.

저 끔찍한 참상을.

지영은 신의 존재를 믿는다.

이미 한차례 목소리를 들었기 때문에, 신의 존재를 믿는다.

그걸 증명할 재주는 없지만, 다른 사람은 다 안 믿어도, 지영과 임수민은 믿는다. 자신들을 법칙을 벗어난 존재로 만든 게 바로 그 '신'이라는 작자일 테니 말이다. 그래서 지영은 조용히 분노했다.

기세도 피우지 않았다.

그저 모든 준비가 끝나면, 그때 한 번에 몰아붙여 모조리 죽여 버릴 예정이었다. 지영은 시간을 확인했다. 현재 시각… 새벽 2시. 놈들은 아직 잠자리에 들지 않았다. 아마 저 빌어먹을 짓이 전부 끝나면 잠들겠지만, 통곡을 계속 듣는 것도 심적으로 굉장히 스트레스로 다가왔다.

다른 기억 서랍을 열어 마음을 다스리기를 30분, 드디어 통곡이 멎었다. 슬쩍 확인하니 조립식 우리 같은 것에 여인과 아이들을 몰아넣고 있는 놈들이 보였다. 발목에 굵은 쇠사슬도 걸려 있었다.

그걸 보자 지영은 웃을 수밖에 없었다.

자신을 1년 여간 속박하고 있던 물건이었다. 저 쇠사슬 때문에 아직도 지영의 발목에는 긁히고 패인 상처가 있었다. 그건 지영의 생이 다할 때까지 끝끝내 지워지지 않을 낙인이었다. 기분 탓일까?

갑자기 발목이 욱신욱신거렸다.

하지만 지영은 오히려 더욱 진한 웃음을 지었다. 통증이 살아나는 건 지영에게 끈적끈적한 복수심을 다시 한번 일깨워줬다. 반군, 어차피 죽여야 할 놈들이었다. 이 작전 끝에 타드몰의 안가가 발각되긴 하겠지만 지영은 후회하지 않을 것 같았다.

20분이 더 지났다.

사위가 고요해졌다.

하지만 지영은 기다렸다. 아직은 아니었다.

잠에 깊숙하게 빠져드는 순간까지 기다릴 생각이었다. 그러려면 아직 시간이 더 필요했다.

찌륵, 찌르륵.

휘이잉!

후덥지근한 바람이 몰려와 벌레 소리를 살살 감아서 사라졌다. 시간은 그렇게 계속해서 흘러가고 있지만 아무도 지영을 보채지 않았다. 그러다 구름이 몰려와 달빛을 전부 가려던 순간, 지영은 무전기에 손을 올렸다.

치익.

"준비하세요."

칙, 치익, 칙, 칙.

네 번의 버튼 소리가 순차적으로 들려왔고, 지영은 조용히 일어나 저격용 소총을 난간에 걸었다. 표적이 아주 잘 보였다. 게다가 이럴 때를 대비해 난간을 잘라 엄폐까지 가능하게 해놓은 상태라 정밀 조준 하지 않는 이상 지영을 맞추는 건 거의 불가능했다.

칙.

"시작합니다."

그 말을 끝내기 무섭게 흐흐, 안젤라가 음산하게 웃는 소리가 어디선가 바람결을 타고 들려왔다.

부슝! 부슝!

퍽! 퍼걱!

두 발의 저격이 골목을 지키던 경계병 둘의 대가리를 터뜨려 버렸다. 솟구치는 피와 파편, 그리고 저격 소리에 놀라 놈들이 깰 때쯤, 골목 어귀에서 안젤라가 걸어 나왔다.

"알로?"

턱!

씩 웃은 안젤라는 보기에도 살벌한 중화기를 양손으로 잡고, 방아쇠를 잡아당겼다.

그녀가 양손으로 들고 있는 중화기는 다름 아닌 M134 미니건(M134 Minigun)의 최신 업그레이드 버전이다. 분당 5천 발이 넘는 연사 속도는 말할 것도 없고, 경량화, 강도, 반동 억제까지 붙어 있는 괴물 중에 괴물 중화기다. 그런 괴물이, 안젤라에 의해 고삐가 풀리자 미쳐 날뛰기 시작했다.

위이잉…….

투다다다다!

투다다다다!

투다다다다!

붉은빛 실선이 어둠을 찢어발기며 광장을 향해 날아가기 시작했다.

피유…….

펑! 퍼벙!

그리고 지영의 정면, 광장 너머 건물 옥상에서 하얀 선이 꼬리를 물고 날아가 지면에 박혀 터졌다. 화약이 터진 것과는 다른 폭발음이 남과 동시에 연기가 뭉게뭉게 피어오르기 시작했다. 스모크 탄이었다.

"뭐야!"

"적이다!"

"끄아악!"

"아아악!"

비명이 천둥처럼 울렸다.

"꺄아악!"

그리고 여자들의 찢어지는 비명도 같이 밤하늘을 수놓기 시작했다. 하지만 작전은 멈추지 않았다.

골목 어귀에서 작정하고 미니건을 갈기고 있기 때문에 반군은 밖으로 나오자마자 온몸이 갈가리 찢기기 시작했다. 하얀 연기 사이로 붉은 피보라가 마치 꽃처럼 피었다가 지기 시작했다.

지영은 냉정한 눈으로 그 장면을 보다가 다시 무전기 버튼을 눌렀다.

치익.

"성수정, 정순철 돌입."

칙, 치익.

버튼 소리로 대체된 대답이 들려오고 야시경이 붙은 방독면을 쓴 두 사람이 곧바로 튀어나와 인질들이 갇혀 있는 우리로 내달렸다. 꽈득! 꽈드득! 사람 손목만 한 쇠도 잘라낸다는 대형 절단기가 우리를 순식간에 잘랐고, 동시에 그보다 작은 절단기를 들고 성수정이 안으로 들어가 인질들의 발목에 걸린 쇠사슬을 잘라냈다.

"무브! 무브!"

"미군?"

정순철의 말에 인질들은 앞뒤 재지도 않고 우리 밖으로 달려 나갔다. 물론 아이들의 손을 잡은 채였다.

탕! 타다당!

무차별적으로 갈기는 총이 연기를 뚫고 사방으로 튀었다. 하지만 곧 그 불빛이 일어난 곳으로 미니건의 총구가 향했다.

투다다다다!

투다다다다!

탄피가 비처럼 쏟아지고 있었다. 그리고 그럴 때마다 반군들이 차량은 물론, 그 일대는 아예 쑥대밭이 되어가고 있었다. 연기를 뚫고 한 놈이 튀어나왔다. 총을 손에 든 채 켁켁거리고 있는 놈에게 지영은 가늠좌를 조용히 옮겼다.

부슝……!

퍽!

탄이 그대로 머리를 터뜨렸고, 담긴 물리 에너지 때문에 반군은 숙인 자세 그대로 이상하게 몸이 비틀리며 나가떨어졌다. 또 다시 한 놈이 나왔다. 지영은 바로 총구를 움직였다.

부슝!

하지만 채 겨냥을 하기도 전에 지영의 좌측에서 날아온 탄이 반군의 관자놀이를 꿰뚫어 버렸다. 지영은 그 저격에 스코프에서 눈을 뗐다.

'누구지?'

안젤라 말고 스모크 탄을 날린 유리가 광장 건너편 옥상에 있긴 하다. 하지만 저격 위치로 봐서 유리가 날린 저격은 아니었다. 애초에 유리는 인질들이 전부 빠질 때까지 그쪽 지원만 하기로 정해놨으니 더더욱 유리는 아니었다. 지영은 자신들 말고 누가 반군을 쫓아왔다는 것을 알아차렸다. 들키지 않기 위해 거리를 상당히 뒀을 테니 전장에는 뒤늦게 합류했을 것이다.

'누가 됐건 간에 반군의 대가리를 날린 걸 보니 최소한 적은 아니다.'

적의 적은 아군이라는 말도 있으니 지영은 일단 작전을 끝내고 나서 더 생각하기로 했다. 슬쩍 보니 인질은 전부 구출한 것 같았다.

치익.

"우리 말고 누가 또 이놈들 잡으러 온 것 같으니 잘 확인하세요."

칙, 치지지직.

다시 버튼 소리로 대답이 들려오고 나서야 지영은 스코프에 다시 눈을 가져다 댔다. 스모크가 점점 걷히면서 그 안에 참상이 보이기 시작했다. M134 미니건의 위력은 역시 상상을 초월했다. 업그레이드 버전인 만큼 살상력은 아주 확실했다. 갈가리 찢겨서, 아예 원래 어떻게 생겼는지도 모를 정도로 참혹한 광경이 서서히 모습을 드러내자, 아직 끝나지 않았다고 말하는 것처럼 정밀한 저격이 이어졌다.

부슝! 부슝!

한 발에 한 놈씩, 난장판이 된 광장에서 우왕좌왕하는 놈들의 몸뚱이며 머리를 확실하게 날려 버렸다.

푸슝! 푸슝!

비슷하지만 다른 소리가 인질들이 도망친 장소에서 들려왔다. 슬쩍 확인해 보니 성수정과 정순철이 자리를 잡고 반군을 향해 총질을 하고 있었다.

피유…….

9K38 이글라가 광장 건너편에서 트럭을 향해 날아갔다.

"으아!"

"피해!"

이놈들에는 아주 익숙한 소리지만 반대로 지금 상황에서는 아마 절대로 듣기 싫은 소리일 것이다. 하지만 이미 이글라는 하얀 연기를 물고, 땅바닥에 처박히고 있었다.

콰웅!

쾅!

트럭에 정통으로 맞고 터진 이글라가 연쇄 폭발을 이끌어 냈고, 근처에 있던 반군의 몸뚱이가 휙 날아가 바닥에 처박히기 시작했다.

"끄아아!"

트럭이 폭발하며 솟구친 불붙은 기름을 뒤집어 쓴 반군이 마치 행사장 풍선처럼 허우적거렸다. 하지만 아무도 그 반군에게 안식을 주지 않았다.

부승!

퍽!

도망가는 놈의 등짝을 뚫어버렸을 때 아까 저격이 날아온 장소에서 따다당! 따다당! 콩 볶는 소총 소리가 들려오기 시작했다. 이쪽 땅에서는 정부군 반군 민병대 할 것 없이 쓰는 AK소총 특유의 총소리에 지영은 아직 저들의 정체가 뭔지는 특정할 수 없었다.

　푸슝! 푸슝!

　따다당! 따다당!

　정순철과 성수정은 1발씩 끊어 쐈고, 반대로 정체 모를 집단은 3점사로 끊어 쐈다. AK소총의 명중률과 반동이 지랄 같은 걸 생각하면 특등사수가 아닐 바에야 나쁘지 않은 선택이다.

　부슝!

　부슝!

　유리와 지영도 놀지는 않았다.

　적의 모습이 보일 때마다 하나씩, 확실하게 하나씩 골로 보내 버렸다. 전투가 계속 진행되고, 승산이 없다는 걸 알았는지 하나둘씩 밖으로 기어 나와 항복을 외쳤지만 그걸 들어줄 지영이 아니었다.

　부슝……!

　퍼걱!

　항복을 외치던 놈의 대가리가 수박처럼 터져 나갔다.

　철컥!

궁지에 몰린 반군의 반격이 시작됐지만, 사방에서 화망을 잡고, 특히 옥상에서 저격 지원까지 하는 마당이라 반군은 총만 빼꼼 내밀고 그냥 무작정 난사를 하는 게 반항의 전부였다. 그리고 그런 난사에 맞을 인간이 여기엔 한 명도 없었다. 그렇게 전투가 시작된 지 40분이 지났다. 악쓰는 소리도 사라지고, 불붙은 트럭, 연기와 매캐한 화약 냄새만 아직 떠나기 싫다는 듯이 남아 투정을 부리고 있었다.

치익.

"전 팀원 대기."

지영은 그렇게 지시를 내리고 기다렸다. 미군과 독일군에서도 이제 보급되기 시작한 스모크는 제법 오래 갔다. 거기다 무취에 인체에 아무런 해를 끼치진 않지만 방향감각을 잃어버리게 하는 효과는 있었다. 10분쯤 기다리자 스모크가 전부 가셨고, 벌집이 된 트럭과 반군의 시체가 이제는 아주 명확하게 보였다. 일단 육안으로 보았을 때 움직이는 생명체는 없었다.

전멸?

'그럴 리가 없지. 분명 숨어 있는 놈들이 있다.'

그런 놈들이 제일 조심해야 할 놈들이다.

공포에 질려 앞뒤 안 가리고 난사를 할 거고, 전투 막바지에는 그런 눈 먼 총알이 가장 위험하다.

아니나 다를까 10분쯤 더 지나자 몇 놈이 트럭 밑에서 기어 나오기 시작했다. 운도 참 좋은 놈이다. 그 폭발과 저격, 총격을 피해 살아남았으니 말이다. 하지만 거기서 운을 다 썼다.

부슝! 부슝!

퍽! 퍼벅!

나란히 겹쳐 달리던 놈을 탄 하나가 꿰뚫으면서 이타 쓰리 피를 만들어냈다. 지영은 더 대기했다. 반군 70. 적지 않은 수였다. 잠시 뒤 무전이 속속 들려왔다.

치익.

—이쪽에서는 안 보여.

치익.

—트럭 아래도 없습니다.

치익.

—이쪽도 없어요.

세 사람의 무전에 지영은 그제야 스코프에서 눈을 뗐다. 전투는 끝났다. 하지만 상황이 완전히 끝난 건 아니었다. 광장 서쪽에서 총격을 가한 무리는 아직 아군인지 적군인지 파악이 안 된 상태였다. 일단 지영은 저쪽에서 뭔가 제스처를 취하기 전까지 기다리기로 했다. 연락은 오래 걸리지 않았다.

치익.

—사장님, 공용 라인으로 통신이 들어오는데 받을까요?

공용 라인으로 온 통신이면 뭐 안 봐도 뻔하다.

"연결해 주세요."

—네.

김지혜가 능숙하게 기기를 조작해 통신 라인을 변경했다. 잠시 뒤 똑딱이는 것처럼 딱딱한 영어 목소리가 들려왔다.

—쿠르드족 민병대다. 여인과 아이를 돌려받길 원한다. 다시 한번 말한다. 쿠르드족 민병대다. 여인과 아이를 돌려받길 원한다.

젊은 여성의 목소리라 지영은 잠시 고민했지만 쿠르드족 민병대면 확실히 믿을 만했다. 특히 YPJ라는 여성 수비대도 있을 정도로 IS라면 아주 치를 떠는 족속들이었다.

치익.

—어떡할까?

무전을 들은 성수정의 말에 지영은 잠시 고민하다가 인질들을 보내기로 했다. 어차피 저들을 데리고 있을 수도 없는 마당이니 때마침 등장한 쿠르드족이 오히려 반가웠다.

치익.

"보내세요."

칙.

—라져.

아까보다 훨씬 힘이 넘치는 성수정의 대답이 바로 들려왔고, 잠시 뒤 그녀와 정순철이 구한 인질들이 줄줄이 골목에서 나오기 시작했다. 그들은 처참한 살육의 현장에 잠시 흠칫했지만, 이내 광장 서쪽에서 모습을 내보인 몇 명의 쿠르드족 민병대를 보더니 그곳으로 빠르게 달려갔다. 지영은 위에서 그 모습을 조용히 지켜봤다.

치익.

"후우……."

담배를 입에 문 지영은 난간에 걸터앉았다.

치익.

—너무 대놓고 앉아 있는 거 아냐? 그러다 머리 빵! 날아가면 어쩌려고?

유리답지 않은 농담에 지영은 피식 웃었다. 어차피 이쪽 각에서는 어깨만 조금 나와 있는 정도다 노리고 싶으면 유리가 있는 곳에서 노려야 했다. 아무리 지영이라지만 그 정도로 막 나가진 않았다.

치익.

—쿠르드족 민병대. 아이와 여성을 넘겨줘서 고맙다. 그리고 구출해 줘서, 그대들의 결단에 무한한 감사를 보낸다.

그 말이 반복돼서 들려온 뒤, 다시 고요해졌다. 작전은 이걸로 끝났다. 지영은 그들이 인질들을 데리고 돌아가는 걸 바라보다가 밤하늘로 시선을 돌렸다.

치익.

—아… 이걸 다 언제 회수하지?

피식.

안젤라의 푸념에 지영은 실소를 흘렸다. 지영은 이곳 타드몰에서 한 달이 넘게 있었지만 그렇다고 아무것도 안 하고 가만히 놀고 있던 건 아니었다. 도시 각 지역마다 카메라를 달았고, 곳곳마다 무기를 숨겨놓았다.

안가에서 광장이 거리가 꽤 되는데도 안젤라가 미니건을 들고 등장한 건 이 근방에 이미 미니건을 챙겨났었기 때문이었다. 그리고 그런 중화기가 도시 곳곳에 숨겨져 있었다. 하지만 이번 전투로 그걸 도로 다 챙겨야 했다. 이 전투는 어떻게 됐던 간에 정부, 반군에게 알려지게 되어 있었다. 민병대가 봤고, 인질들이 봤으니 이건 숨길 수 있는 상황이 절대로 아니었다. 그러니 이제 휴가는 끝내고 짐 챙겨 떠날 순간이 된 것이다. 다 태운 담배를 주머니에 챙긴 지영은 1층으로 내려갔다. 잠시 뒤 험비 세 대가 도시 곳곳을 누비기 시작했다. 특유의 엔진 소리가 이제 막 잠들려는 도시의 정적을 도로 깨웠다. 하지만 그에 아랑곳하지 않고 도시 전역을 누빈 험비는 새벽해가 뜰 때쯤 타드몰 남쪽을 통해 사라졌다.

그렇게 타드몰은 평화를 찾나 했지만 이틀 뒤 일단의 무리가 다시 방문하면서 잠에서 깼다.

차에서 내린 선글라스를 낀 금발의 사내 피터는 교전이 일어난 광장을 주의 깊게 살폈다.

"흠……."

반군의 시체가 썩으며 나는 냄새가 코를 찔렀지만 그에게 이 정도 냄새는 익숙했다. 완전 벌집이 된 차량으로 다가간 피터는 이 현장은 전투 현장이 아닌 일방적인 학살 현장이라는 것을 알아차렸다.

경계병을 빼면 한곳에 뭉쳐 있다가 모조리 시체가 됐다.

"시체가 이렇게 뜯긴 걸 보면… 일반 소총은 절대로 아닐 거고, 개틀링 건? 그 정도는 되어야겠고, 스모크도 터뜨렸네? 아주 작정하고 화력을 퍼부었구만."

피터는 잠시 뒤 휴대용 미사일 이글라의 파편도 찾아냈다.

"뭐야, 미사일도 갈겼어?"

저격총은 그냥 애였다.

정부군과 반군끼리의 싸움이라고 치기엔 사용된 무기가 너무 과했다. 반군이나 정부군이나, 혹은 민병대라도 무기는 언제나 부족하다. 그런데 이건 작정하고 최신식 화력을 집중시켜 학살한 현장이라 반군을 상대한 이들은 정부군이나 민병대는 아닐 거라는 계산을 나왔다.

피터는 촉이 좋은 조사관이었다.

"도시 전체를 뒤져볼까요?"

부하가 그렇게 말했지만 그는 고개를 저었다. 이 정도로 작정하고 화력을 집중할 수 있는 이들이 꼬리가 밟힐 만한 것을 남겨뒀을 리가 없었다.

　"어차피 뒤져봐야 아무것도 없을 테니 힘 빼지 말고, 본부로 돌아가지."

　"네."

　부하가 차로 달려가자 피터는 품에서 폰을 꺼내 꾹꾹, 자동으로 암호화되는 메일을 열었다. 그리곤 보고서를 간결하게 작성해 보낸 뒤에야 차에 올라탔다.

　부웅!

　그렇게 피터까지 떠나고 나서야 타드몰은 안정을 찾아갔고, 아무 일도 없었던 것처럼 다시금 정적에 휩싸였다.

　　　　　　　『천 번의 환생 끝에』 15권에 계속…